广西百景诗词联

陈国团 著

广西师范大学出版社
GUANGXI NORMAL UNIVERSITY PRESS
·桂林·

图书在版编目（CIP）数据

广西百景诗词联 / 陈国团著. —桂林：广西师范
大学出版社，2017.11
ISBN 978-7-5598-0226-2

Ⅰ．①广… Ⅱ．①陈… Ⅲ．①诗词－作品集－
中国②对联－作品集－中国 Ⅳ．①I211

中国版本图书馆 CIP 数据核字（2017）第 215032 号

广西师范大学出版社出版发行

（ 广西桂林市五里店路 9 号　邮政编码：541004
网址：http://www.bbtpress.com ）

出版人：张艺兵

全国新华书店经销

广西广大印务有限责任公司印刷

（桂林市临桂区秧塘工业园西城大道北侧广西师范大学出版社集团
有限公司创意产业园内　邮政编码：541100）

开本：787 mm × 1 092 mm　1/16

印张：8.5　　字数：110 千字

2017 年 11 月第 1 版　　2017 年 11 月第 1 次印刷

定价：39.00 元

如发现印装质量问题，影响阅读，请与印刷厂联系调换。

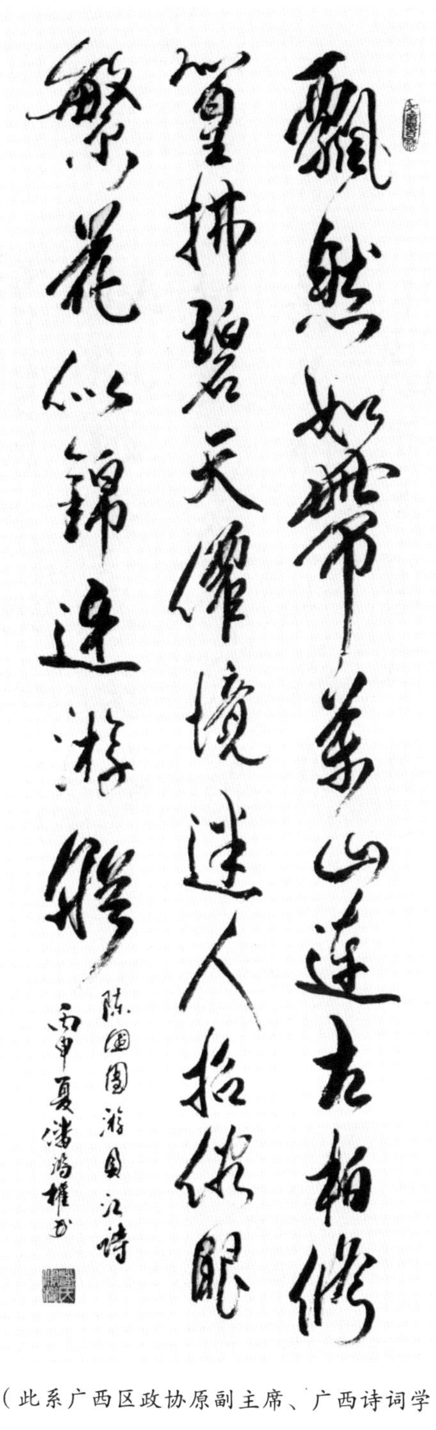

（此系广西区政协原副主席、广西诗词学会原会长潘鸿权先生手书，胡年祈摄影）

独秀峰

独秀峰头尽兴游
果然独秀冠神州
峨峨独秀春常驻
涟漪漾云韵远悠
漓水神奇飞彩练
王城古老现风流
桂林今日尤娇美
山水迷人雅与俦

陈国国诗 陆艺书

（此系贵阳书法协会会员陆艺先生手书，谭顺时摄影）

孔雀

陈国园

（此系作者老同学洪锋先生手书，谭顺时摄影）

美丽广西的赞歌

——《广西百景诗词联》代序

◎ 彭会资[1]

20世纪，《百鸟衣》《刘三姐》《美丽的南方》次第涌现，而三姐歌声，振妙一时，流芳万里，素有"歌海"之称的广西，让海内外惊喜。如今，图文并茂的《广西百景诗词联》横空出世，新声震天，纵情讴歌美丽广西，再次令人惊喜。

一、美丽广西，更亮丽神州全球

神州大地，北有长城，南有灵渠。灵渠，北通长江水系，南通珠江水系而达于南海。广西，北依五岭，南立六万大山、九万大山、十万大山而濒临南海。海上丝绸之路，丕振汉唐雄风。

《广西百景诗词联》所展示的，便是广西境内东西南北中那些山环水绕、风光无限的自然景观与人文景观。

虽提"广西百景"，但却超过百景，计有110个景点，还附录3个景点。这些景点，选材严，开掘深，意味深长。

"桂林山水甲天下"，天下皆知。《广西百景诗词联》的压卷之

---

① 彭会资系广西师范大学文学院教授、中国作家协会会员。

作，便是山水甲天下的桂林。在桂林诸景点中，率先入诗的，是世界上最美的漓江。可与漓江比美的，是柳州百里柳江、苏东坡赞叹过的梧州鸳鸯江、世界长寿之乡巴马的盘阳河、东汉时印度佛教传入中国的海上丝绸之路玉林博白南流江、1958年元月毛泽东主席两次畅泳过的南宁邕江（有《冬泳亭》为证）。

《冬泳亭·水调歌头》唱道：

盛会南宁好，主席渡邕江。启开万众冬泳，冬泳更风光。万马千军横渡，不管风吹浪打，击水喜洋洋。破浪乘风爽，意志自坚强。

风云动，大潮起，顺之昌。东盟中国，风生水起万帆扬。经济包容互惠，产业协调促进，互补竞相帮。合作共赢好，前景更辉煌。

自从2004年中国—东盟博览会落户南宁以来，广西的国际地位快速提升。作为广西百景之一的"花山岩画"，于2016年7月15日，荣列《世界遗产名录》，真是"千年岩画斑斑彩，今日花山熠熠光"。《广西百景诗词联》的诞生，必将美丽广西，亮丽神州，乃至全球。

二、综合创新，千年文脉开拓前行

宇宙飞船的零件，没有一件是新的，但这些零件综合起来，便可造出崭新的宇宙飞船。

中华诗词学会会员陈国团创作的《广西百景诗词联》，极似宇宙飞船，却又不全似，因为文学艺术贵在创新，尤其是内容创新。

名山大川，山海要区，既涵养动植万物，也涵养人的精气神，磨砺人的品格，并滋养人间艺术，使艺术从单一走向综合，光耀天地。

在《广西百景诗词联》中，每个景点，都赋以一首诗、一首词、一副对联、一幅彩图、一个注，五种文体合一，从不同的角度，反映同一个景点，又各逞其长。只要提起郦道元的《水经注》，人们就不难理解"注"的样式。诗、词、对、注，都有超越千年乃至数千年的发展史。汉语具有得天独厚的品格，中华诗词中由对偶、对仗、排比造成的整齐之美，由平仄格式造成节奏变化的抑扬之美，由押韵重复造成的回环之美，还有对联的对称之美，彩图形象的直观之美，注的亦文亦诗之美，给人以美不胜收之感。

众多景点星罗棋布于广西境内，一旦精选、集中，集众美于一瞬，那"包括宇宙，总览人物"的气势，"天地有大美"的盛世景象，便扑面而来，令人感奋。

在世界美学发展史上，中国对山水自然美的欣赏，早于西方一千多年。南朝宋颜延之对桂林独秀峰的咏叹，是一个标志。在广西，山美，水美，人更美。宋代吴曾《能改斋漫录》说："自古美色，未必生于中华也。故西施生苎萝山，昭君生秭归县，绿珠生白州。故今白州双角山前，犹存绿珠井。绿珠本梁氏子。今有绿珠水，相传水旁间产美丽。"白州，今为广西博白县。绿珠水，今称绿珠江，与南流江相通，距离世界著名语言学家王力故里，约1公里。

从吟咏"未若独秀者"的颜延之，到放歌"桂林山水甲天下"的王正功；从高唱长篇《桂林山水歌》的贺敬之，到激情撰写《桂林长联》的王力。千百年间，讴歌桂林乃至全广西奇山秀水的诗词联，绵延不断，脍炙人口。如今，陈国团的《广西百景诗词联》，则有集古今之大成而出新的气势，读来震撼。

广西百景中，人文景观只有十多处，但是，事关文圣孔子，武圣关公，传播文明的柳宗元、黄庭坚、苏东坡，高唱《正气歌》的文天祥，反帝反封建的太平天国起义军，援越抗法和抗日保台的刘永福黑旗军，援越抗法将领冯子材，世界反法西斯战争和中国人民抗日战争的伟大胜利，红军、八路军、新四军、解放军的英勇奋斗精神，均有诗词联讴歌。崇文尚武，崇文重教，尚贤爱才，爱乡爱国，崇敬英雄，崇尚和平，追求幸福，愿"天下都乐"（都乐岩题词）的高尚情怀，跃然纸上。

2014 年 9 月 24 日，在纪念孔子诞辰 2565 周年国际学术研讨会暨国际儒学联合会第五届会员大会上，习近平同志在讲话中指出："只有坚持从历史走向未来，从延续民族文化血脉中开拓前进，我们才能做好今天的事业。"可以说，陈国团的《广西百景诗词联》，正朝着这个方向努力，值得称道。

三、天地有大美，自有讴歌大美之人

人，是社会关系的总和，又是自然界的一部分。人，需要与天地万物共生共荣，能量互换而长存，绝对不该以毁自然生态环境而片面追求经济增长。现代工业虽然为人类创造了巨大财富，但却造成了全球性的生态危机。具有五千年文明发展史的中华民族，在现代化建设进程中，正调动丰富的历史经验，加以传承创新，狠抓生态文明建设，追求绿色发展。美丽广西，是生态文明建设示范区，更加令人心驰神往。当此之时，《广西百景诗词联》的面世，真可谓"好雨知时节"。

作者选写的中国最美的瀑布、世界第四、亚洲第一的跨国瀑布群《德天瀑布》，中华第一滩《碧海银滩》，名扬世界的文化景观《花山岩画》，不仅仅是自我尽兴，也展示了天下有大美。选写濒临南海北部湾的《十万大山》，不仅仅是山高林茂可景仰，也突现了与人类命运息息相关的"生态优良多物种，资源丰富好山川"。选写建筑文化中的《程阳风雨桥》《真武阁》《梧州骑楼城》，不仅是惊叹南国杰构，也弘扬了中国天人合一的生态智慧。《盘阳河》

诗句"烟霞养性自平和",不仅巧妙地化用了嘉庆皇帝赞扬巴马寿民的诗句"烟霞养性同彭祖",也透露出养生长寿之道：需要有适宜养性的烟霞之地，亦即良好的生态环境。至今，广西涌现了包括巴马在内的26个"长寿乡"，名列全国前茅，当惊世界殊。

"北有桂林，南有玉林"，此乃陈国团的肺腑之言。他出生于玉林南流江畔的乡村，来到桂林漓江之滨上大学，攻读中文系本科，曾游历祖国名山大川，又跑遍广西的山山水水，有着多年的考察、体验、比较、研究和情感积累。因此，《广西百景诗词联》的孕育、诞生，并非偶然。书稿出来后，又让谭顺时、洪锋、谭建才、李斯训等诸多同学传阅，听取意见，集思广益，追求尽善尽美。庄子说过："天地有大美而不言，四时有明法而不议，万物有成理而不说。圣人者，原天地之美而达万物之理。"但愿有更多的时贤，探究天地之大美而通晓万物生长形成之理，共建人与自然和谐的都乐世界。

2016年7月19日写于桂林

目 录

漓 江

倒影碧簪罗带青，奇峰夹岸客舟轻。
一江流水千张画，画里藏诗更蕴情。

　　漓江美，窈窕笑盈盈。千古风情眉黛远，万般宠爱锦身凝。
谁个不钟情？
　　漓江妙，如梦似情深。一缕青丝飘玉带，两行翡翠若珠簪。
何日再登临？

（调寄《忆江南》）

世间独此清江，千峰倩影迷游客；
天下唯斯神水，万簇流霞戏钓翁。

注：漓江，发源于猫儿山，自北向南，纵穿桂林城。自桂林至阳朔县城 83 公里的黄金水道，奇峰夹岸，碧水萦回，像一条青绸绿带，盘绕在万点峰峦之间，俨然一幅出神入化的百里诗画长卷。"漓江神秀天下无"，清、奇、绿、幻，为其四魂。江作青罗带，山如碧玉簪，这是世界上最美的山水。游览其间酣畅淋漓，空灵悠远。这是国家 5A 级旅游风景区。周恩来、朱德、邓小平、陈毅、郭沫若、尼克松、卡特、布什、克林顿、特鲁多、胡志明、西哈努克等中外名人曾游览此江。（李斯训摄影）

◎ 漓江

独秀峰

（一）独秀南天一柱雄，顶天立地傲苍穹。
　　久经历史风和雨，见证人间衰与隆。

（二）独秀峰头尽兴游，果然独秀冠神州。
　　峨峨独秀春长驻，淡淡浮云韵远悠。
　　漓水神奇飞彩练，王城古老现风流。
　　桂林今日尤娇美，山水迷人孰与俦？

　　一座孤峰水一池，半天丽日映霞飞。形挺拔，罩金衣。青云直上势雄奇。

（调寄《渔父》）

擎天一柱，巍峨壮伟；
拱岫群峰，神妙崔嵬。

注：独秀峰，高66米，位于广西桂林市中心靖江王城内。孤峰独秀，绝壁如削，气势雄伟，唯我独尊，素有"南天一柱"之称。山名取自南朝颜延之咏赞此山之名句："未若独秀者，峨峨郭邑间。"每当晨曦辉映或晚霞夕照，它似披紫袍金衣，故又名紫金山。"桂林山水甲天下"，王正功这千古名句真迹，题刻于此。唐代张固诗云："孤峰不与众山俦，直上青云势未休。"清代袁枚诗云："桂林山形奇八九，独秀峰尤冠其首。"（李斯训摄影，图中人物为作者）
◎ 独秀峰

伏波山

一山苍翠映江头，合浦还珠佳话稠。

玉带长飘漓水秀，金轮高照桂峰幽。

剑锋一试石芽断，曲径多环洞水流。

拾级凭栏迷景色，鱼鹰击水自沉浮。

腹隐天宫头戴星，山名直用古人名。青霜劈石尚留声。

遏浪伏波成砥柱，风清日丽百花馨。将军万古与山青。

（调寄《浣溪沙》）

江里摸鱼，穿波钻浪，洗去贪心邪念；

山头赏月，骋目开怀，招来正气清风。

注：伏波山，位于广西桂林市城区东北，漓江西岸。孤峰挺秀，半插江潭，半枕陆地，有遏浪伏波之势。山名的缘由有二，其一是因山下临江，波涛之声轰鸣悦耳，故名伏波。其二是因传说汉代伏波将军马援曾在山前泊船、山下劈石试剑而得名。它是孤峰的代表作，浓缩山、水、洞、文物、奇石于一身，深聚山水神韵，极具观赏价值。它与独秀峰、叠彩山鼎足而立，相得益彰。（李斯训摄影）

◎ 伏波山

叠彩山

锦缎层层秀可餐，堆堆翡翠衬花繁。
山披草木千重绿，洞锁烟霞六月寒。
明月溶溶浮碧落，清漓婉婉揽青峦。
江山会景人文萃，无限风光任赏观。

风习习，月娟娟。江山来聚会，漓水绕山前。岩纹横布天然
叠，清爽芳香花草妍。

（调寄《江南春》）

叠锦千层，峰环明月连天舞；
彩云万朵，鹤搏清风动地歌。

◎ 叠彩山

注：叠彩山，位于广西桂林市王城北面，漓江西岸，横亘市区。山以石纹横布，若叠彩绣，故名。山上多桂树，又名桂山。山上有个风洞，清风习习，故又名风洞山。明月峰顶的拿云亭是桂林览胜赏景最佳处。登临此处，似能摘星拿云，飘然欲仙。清人宋宴春《登明月峰》诗云："白云招我上层巅，无数奇峰落眼前。四面林岚供画本，万家烟火映山川。"孙中山、宋庆龄、朱德、邓小平、陈毅、郭沫若、西哈努克等中外名人曾来此游览。
（李斯训摄影）

八路军桂林办事处旧址

开局艰难李克农，三番视察赞周公。
剑英定计破顽敌，一柱南天傲碧空。

军需组织援前线，南北西东。南北西东，抗日烽烟遍地红。
桂林八办艰难办，屡斗顽凶。屡斗顽凶，存异求同争斗中。

（调寄《采桑子》）

斗争中求团结；
联合里显标新。

注：八路军桂林办事处旧址，位于广西桂林市叠彩区中山北路 14 号。1938 年 10 月，武汉沦陷前夕，中共中央派八路军秘书长李克农前往桂林建立八路军办事处。1938 年 12 月至 1939 年 5 月，中共中央军委副主席周恩来曾三次到桂林视察指导，力挽狂澜。（李斯训摄影）

◎ 八路军桂林办事处旧址

芦笛岩

帐幔层层叠叠妍，森林原始蔓藤悬。

石琴美妙惊寰宇，曲径清幽绕洞天。

帘外云山开画卷，水晶宫殿有园田。

壁书墨宝千秋仰，游客雄狮乐管弦。

百态千姿富丽宫，奇山秀水气恢宏。石雕精美透玲珑。

水榭曲桥垂柳碧，回廊琼阁鬼神工。游人如鲫恋情浓。

（调寄《浣溪沙》）

芦笛扬声，游人入春梦；

洞天出彩，旅客放心花。

◎ 芦笛岩

注：芦笛岩，俗称野猫岩，又名芦笛仙宫，位于广西桂林市西北的光明山腰，距市区6公里。因洞口长有能制作笛子的芦荻草而得名。洞深240米，游程500米，分前后洞。在灿若群星的广西洞穴中，芦笛岩独一无二，最为靓丽夺目，被誉为"大自然艺术宫"。有"桂林山水甲天下，芦笛美景堪最佳"之说。国家4A风景区。

（李斯训摄影）

桃花江

灼灼桃花艳艳红，柔柔绿柳荡轻风。

莺穿燕剪翩翩舞，鱼跃人欢雾霭笼。

　　春三月，客醉此江边。日照桃花红似火，月笼江水碧于天。蜂蝶舞蹁跹。

（调寄《忆江南》）

江边逸趣添春色；
野外闲情羡彩霞。

注：桃花江，古名阳江。发源于灵川县中央岭东南侧，江流平缓，清幽恬静。传说其源头华岩洞，经常有片片桃花从洞中流出，故名桃花江。沿岸修竹簇拥，茂林苍翠，草绿花香，蜂飞蝶舞，群峰逶迤，阡陌纵横。画里青山，水中乡村，绿水浮山，青山映水。秋江如银，水天一色，俨然一卷美妙绝伦的水彩墨画。不是漓江，胜似漓江。（李斯训摄影）

◎ 桃花江

榕 湖

波光潋滟两江通，榕劲千年郁郁葱。
云淡天青飞白鹭，桃红柳绿笑春风。
南门远眺山川美，小岛低迷烟雨濛。
画意诗情冲北斗，心花怒放梦无穷。

花影涛声依旧，日照清波如酒。脉脉水亭台，袅袅轻烟盈袖。
消受，消受，满眼绿肥红瘦。

（调寄《如梦令》）

榕高百尺，拔地冲霄擎天盖；
湖碧千秋，推波逐浪绕水舟。

◎ 榕湖

注：榕湖，古称莲荡，位于广西桂林市中心阳桥西面，因湖旁有榕树得名。现存一株树龄900年、树高20米的大榕树。阳桥东面是杉湖，因湖旁有杉树得名。两湖连通，合称榕杉湖。唐宋时期，它是人工开挖的城南护城河，称南阳江。元代称鉴湖。明代成为市区内湖。榕湖内东连湖心岛，西连古南门的北斗桥，是广西最长的汉白玉石桥。茂林修竹，草绿花红，一湖澄碧，浮光若金。榕杉湖是桂林两江四湖环城水系中最重要的山水格局。两江四湖工程，是世界上最完整的复古环城工程。（李斯训摄影）

日月双塔

日月生辉景色新，桂林从此更迷人。
杉湖窈窕招游客，锦上添花四季春。

双塔好，日月闪晶莹。金笋辉煌浮碧水，银星灿烂耀青冥。
旅客笑盈盈。

（调寄《忆江南》）

湖山秀丽；
日月辉煌。

注：日月双塔，又名金
银双塔，是两座并肩而立的宝
塔，位于广西桂林市区杉湖东
南侧，是新桂林的标识。日塔
9层，高41米，是世界上最高
的水中铜塔，金碧辉煌。月塔
为35米高的7层琉璃塔。夜
光中，两塔婀娜多姿，流光溢
彩，与日月同辉。（李斯训摄
影）

◎ 日月双塔

象鼻山

张唇饮水鼻垂伸，近看遥观总逼真。
抱象双江长伴月，奇观魅力妙如神。

月自何时照象？象从何处奔来？从容饮水好乖乖，江月相陪爽快。
船去游人惊叹，舟归旅客开怀。江边观众一排排，欣赏饮江豪帅。

（调寄《西江月》）

漓江双月真奇绝；
天际一婵更亮清。

◎ 象鼻山

注：象鼻山，桂林市的名片，桂林市的山水城徽，位于广西桂林市市区漓江与桃花江交汇处。因其地处漓江边，古称漓山，别名仪山、宜山。又因其突出水滨，故名沉水山。再因山形若大象伸长鼻临江吸水，形神毕似，而称象鼻山，简称象山。山间水月洞及其江中的倒影，好似漂浮水上的明月，它与隔江的穿山月岩（犹如"天上明月"）相映，形成一浮于水，一悬于天，世间独一无二，奇上加奇的"漓江双月"奇观。2013—2014年，象鼻山连续两年被央视票选为我国十大"最美赏月地"之一，排名第四。（李斯训摄影）

花 桥

高榕修竹弄柔娇，绿柳清波映玉桥。
烂漫山花迎客笑，万般红紫斗妖娆。

春三月，燕舞柳丝斜。一道长虹添雅韵，满江流水涌鲜花。
日染漫天霞。

（调寄《忆江南》）

流水无情，浪白犹如千载雪；
落花有意，桃红又是一年春。

注：花桥，建于宋代嘉熙年间，原名嘉熙桥。明代，因桥两岸四季繁花似锦，故名花桥。位于广西桂林市城东灵剑溪与小东江汇流处。桥长120米，宽6米。桥若长廊，可避风雨。每年春夏，花开烂漫，恰似彩带。石桥掩映于花海之中，是一道亮丽的风景线。1964年5月，作者（右图前排右一）与同学合影于此。（佚名摄影）

◎ 花桥

龙脊梯田

千条银带叠相连，七颗星星绕月圆。
几塔昂头探宇宙，九龙俯首饮江边。

龙脊好，美誉喜人心。水映春阳明似练，风吹稻谷灿如金。
彩带系山林。

龙脊好，梯子挂高空。叠叠梯田如链带，条条曲线幻长虹。
锦缎坠苍穹。

（调寄《忆江南》）

夏日葱茏，山水重重尽碧玉；
秋光灿烂，梯田闪闪遍黄金。

◎ 龙脊梯田

注：龙脊，指广西桂林市龙胜各族自治县东南27公里和平乡东北猫儿山山脉西南段，因山似龙脊而得名。梯田海拔300—1100米，坡度25—50度。梯田如练如带，层层叠叠，高低错落，行云流水，潇洒妩媚，既是磅礴恢宏的优异稻作文化景观，又是妙趣横生、线条舒畅的立体田园诗画，集壮丽与秀美于一体，为"天下一绝"，号称梯田世界之冠。四季景色不同，生态自然，壮观，和谐，美轮美奂，这里是壮族和瑶族文化的摇篮，也是全国农业旅游示范点、中国稻作文化科学基地、全国研学旅游示范基地、国家一级景点。

（杨光足摄影）

宝鼎瀑布

宝鼎浮云荡紫烟，银河泻落九重天。
珠飞玉溅多柔媚，如转如倾两自然。

长似布，彩如虹。雪片珍珠挂碧空。
啸壁飞崖惊大野，流金喷玉幻无穷。

（调寄《捣练子》）

千层白雪千重浪；
百簇梅花百丈虹。

注：宝鼎瀑布，位于广西桂林市资源县延东乡同禾村海拔1924米的宝鼎山腰，距县城十多公里。发源于华南第二高峰真宝鼎。瀑布落差720米，一波九折，铺天盖地而下，白练悬空，珠拼玉溅，飞花叠彩，恢宏壮观，这是广西落差最大的瀑布。第五级瀑布最为壮观，长80米，宽40米。它似一条银色飘带，从天降落，令人心旷神怡，流连忘返。洪水暴发时，飞瀑溅起的水雾高达两层楼，如银河倒悬，声震数里。（孔令刚摄影）

◎ 宝鼎瀑布

五排河漂流

石奇瀑美绿林幽，两岸风光喜展眸。
惊险安全多乐趣，滩湾急陡任沉浮。

漂流舒畅精神爽，波浪汹汹。惊险重重，九曲回环刺激浓。
风光旖旎真如画，古木青葱。奇石玲珑，佳景风驰电掣中。

（调寄《采桑子》）

漂流健体；
探险惊心。

◎ 五排河

注：五排河，位于广西桂林市资源县与龙胜各族自治县之间，发源于海拔1883米的金紫山。漂流景区以"石奇、瀑美、林幽、水险"著称。漂流河段漂程30公里，落差300多米，是中国顶级高品质的漂流景区、国家体育总局的"漂流训练基地"。2005年，它被中外旅游品牌峰会组委会授予"中国最佳漂流胜地"牌匾。2012年，它被中国生态学会旅游生态专委会授予"五排河生态旅游示范试验区"牌匾。它是桂林继漓江之后又一颗璀璨的休闲度假生态旅游明星。（王辉摄影）

八角寨

龙头昂首尾弯弓，吐雾吞云幻彩虹。
鬼斧神工天琢就，峥嵘八角势凌空。

八角主峰形胜雄，山浮云涌势恢宏。游龙翘首傲苍穹。
险峻异常无匹敌，悬崖百仞秀葱茏，风光无限在巅峰。

（调寄《浣溪沙》）

香角横空出世；
云台拔地冲天。

注：八角寨，原名云台山，位于广西桂林市资源县东北部梅溪乡大坨村。海拔818米的主峰，有八个翘角，故名八角寨。"寨"，是指顶平如台、壁陡如削的丹霞山峰。八个翘角，巍峨凌空，棱角鲜明，所有峰角，朝一个方向成45度倾斜，鬼斧神工天凿就。其中的龙头香，横空出世，宛若巨龙昂首欲飞。上接苍穹，下临深渊，具有雄、奇、险、峻、秀、幽的特色。靓丽壮观的八角寨，与广东丹霞山、福建武夷山虽同为丹霞地貌，但它更为典型秀美。（莫晓辉摄影）

◎ 八角寨

猫儿山

丝丝清水出迷宫，古树森森郁郁葱。

霜叶铁杉冬雪白，佛光云海杜鹃红。

名闻赤县标青史，冠夺华南插碧空。

庐岳之幽峨岳秀，华山之险泰山雄。

　　拾级相扶上顶巅，飘飘羽化若登仙。松风飒飒朦胧雾，银瀑飞流落碧渊。

　　奇秀险，傲苍天。丹流绿涨百花妍。日升云海金球涌，月照长林起紫烟。

（调寄《鹧鸪天》）

　　秀甲华南，千山皆翘首；

　　高凌桂北，万壑竞折腰。

◎ 猫儿山

注：猫儿山，因山顶花岗岩巨石形似猫头而得名。位于广西东北部，横跨兴安、资源、龙胜三县。山的主峰海拔 2142 米，是华南第一高峰。漓江和资江均发源于此。它是桂林山水灵气之孕育者，是桂林山水的"命根子"，也是中国工农红军二万五千里长征越过的第一座高山。山峰迷人，自然景色秀丽壮观。陆定一称赞此山有"泰山之雄，华山之险，庐山之幽，峨眉之秀"。它曾荣获"五岭绝首，华南之巅"的美誉。（李斯训摄影）

灵　渠

灵渠宛转接湘漓，灌溉运输皆口碑。
伟绩丰功彰万代，雄观总与长城奇。

灵渠一凿雄图展：北上长江，南下珠江。楚越轻舟万里航。
海洋河水流双向：漓水泱泱，湘水茫茫。游客如云兴味长。

（调寄《采桑子》）

灵渠似棋眼，盘活珠长水系；
秦堤如坦途，沟通楚越人文。

注：灵渠，古名秦凿渠、陡河，近代叫兴安运河、湘桂运河，位于广西桂林市兴安县境内。开凿于公元前218—214年，是世界上现存最古老最完整的一条人工运河。全长36公里，分南北二渠。它把湘江的三分水量带到漓江，沟通湘漓，把长江和珠江两大水系连接起来，成为古代连接岭南与中原、西南的关键枢纽。它是"世界船闸之父"，被称为"世界古代水利建筑的明珠"，被誉为"现代电闸的鼻祖"。渠水迂回灵秀，和谐委婉，似一首律清韵长的古诗。蒋介石、李宗仁、李济深、郭沫若等名人曾来此游览。（陈玉光摄影）

◎ 灵渠

秦城水街

老街摇曳又多姿，青瓦红楼映水湄。

古色古香商铺旺，秦风秦韵酒茶奇。

鲤鱼小跳游人笑，水鸟低飞画舫驰。

几座古桥多创意，一渠碧玉似长诗。

　　逐水而居因水盛，满街处处春光。雕梁画栋美琳琅。石桥连石柱，文采亦辉煌。

　　连接咸阳和粤海，两千年酿沧桑。红军抢渡战湘江。进程双改写，功绩岂能忘?

（调寄《临江仙》格三）

汉瓦秦砖，街伴运河呈异彩；

高山流水，渠荣市井续昌明。

◎ 秦城水街

注：秦城水街，指古运河灵渠流经广西桂林市兴安县城那段水渠两旁的街市。整条街全长 980 米，沿渠而建，依水成街，家家临水，户户通舟，故称水街。它自灵渠建成后开始成型，历代都有建设。它浓缩了桂北两千多年的历史文化，展现了秦汉建筑的文化精华。它钟灵毓秀，繁华热闹，风光旖旎，人文荟萃，商贾云集，交通便利。灵渠的开通和中国工农红军突破湘江西征，两次改写了中国的历史进程。

（陈玉光摄影）

乐满地度假世界

乐满天来乐满地，灵湖岸畔乐无边。
西方浪漫东方雅，旧梦犹香新梦圆。
碧草香花相映衬，红男绿女舞翩跹。
兴高采烈心情爽，多少游人醉似仙？

　　松岭静，碧湖空，糅合中西古朴风。奇妙变多真梦幻，逸闲
浪漫更轻松。

（调寄《捣练子》）

　　游客如云，有乐随时添雅韵；
　　闲情若水，无求何处不神仙？

注：乐满地度假世界，位
于广西桂林市兴安县城南3公
里处。围绕碧波荡漾的灵湖而
建，占地400多万平方米。集
自然、尊贵、浪漫、闲逸、欢
乐于一体，是中国精致主题乐
园的代表，全国十佳主题乐园
之一。到处是欢乐的海洋，笑
声的源泉。这里是世外桃源的
休闲王国，国家5A级风景区。
（李斯训摄影）

◎ 乐满地度假世界

红军长征突破湘江烈士纪念碑园

红军转战往西攻，突破湘江敌万重。
立体围歼拦不住，蒋公何处哭秋风？

江水滔滔血染红，忠魂五万上苍穹。
心随战友西征去，推倒三山立大功。

波渺渺，草萋萋。红军来抢渡，多少血花飞？安康生活年年享，堪慰英灵泉下知。

（调寄《江南春》）

硝烟滚滚，湘江突破征途远；
鲜血殷殷，烈士牺牲功绩丰。

◎ 红军长征突破湘江烈士纪念碑园

注：红军长征突破湘江烈士纪念碑园，位于广西桂林市兴安县城西南2公里的狮子山上。1934年11月，红军长征途经广西灌阳、全州、兴安、资源、龙胜等地，进行了湘江战役。面对30万气势汹汹的敌军从空中和地面追击堵截的立体围歼，红军英勇顽强，奋力抵抗，经过一星期的激烈战斗，终于胜利突破湘江。但是，红军牺牲了5万多人。气势恢宏的碑园于1996年建成，1997年被命名为全国"百个爱国主义教育示范基地"。（陈玉光摄影）

青狮潭

山岭连绵溪水流，渔歌唱晚泛轻舟。
潭深林茂云霞灿，冬暖夏凉宜旅游。

高高大坝锁蛟虬，浪涌展蓝绸。青山座座如画。垂柳碧，趁风流。
奇秀雅，绿油油，鹭呼鸥。四时湖景，变化多端，安乐优游。

（调寄《诉衷情》）

四季飞花，竹木多姿，娇香有谱；
三江入库，水天一色，风月无边。

◎ 青狮潭

注：青狮潭，位于广西桂林市灵川县青狮潭镇，是1958年修建的水库。因水库大坝填筑在漓江支流甘棠江的青狮峡谷口而得名。一条大堤把东江、西江、北江三条小江的水拦阻储蓄起来，形成叠翠堆玉的水库。1992年，灵川县政府建立青狮潭旅游开发区，当年游客达7万人次之多。美国前国防部长施莱辛格曾到此游览。（李斯训摄影）

美国飞虎队桂林遗址公园

虎虎生威飞虎猛，同仇敌忾灭倭兵。
驼峰航线创奇迹，日寇安能不降旌？

飞虎猛，破敌有良方。击毁日机三百架，运输货物万千箱。
战绩最辉煌。

（调寄《忆江南》）

飞虎扬威，首战昆明告捷；
雄鹰亮翅，屡拼中外打赢。

◎ 美国飞虎队桂林遗址公园

注： 美国飞虎队，正式名称是美籍援华志愿大队，全称是中国空军美国志愿援华航空队。创始人为美国飞行教官陈纳德。成立于1941年8月1日。1941年12月20日，有10架日机入侵昆明。飞虎队初战告捷，击毁日机3架，重伤4架。飞虎队对日空战40多次，击毁日机300多架，击毁击落日本飞行员1000名。还通过驼峰航线，给内地源源不断地运送物资器械，赢得中外人士的赞赏。（李斯训摄影）

大岭山桃花园

簇簇凝丹馥馥芬，连绵十里尽红尘。
桃花传爱载歌舞，药浴强身引客宾。
四野嫣红飘嫩叶，满山绯艳醉游人。
东风得意挥豪笔，大写妖夭出彩春。

日暖风和长嫩芽，流芳淡淡绽桃花，亭亭溢艳发光华。
灼灼娇容红似火，醺醺醉脸映云霞，欢歌乐舞喝油茶。

（调寄《浣溪沙》）

漫天红涨，登岭方知春早早；
遍野青萌，莅园唯恨步迟迟。

春风欲醉，客笑桃花花笑客；
云彩亮光，山飞红焰焰飞山。

注：大岭山桃花园，位于广西桂林市恭城县西岭乡大岭山屯。阳春时节，绵延十里的千顷桃花盛开，满山红霞，彩云飘涌，遍野灿烂，十分壮观。这是广西最大的人造桃林，也是现代版的"世外桃源"。这里树形美，花蕾多，花色艳，花期长。这里的桃花神奇，"桃花浴"可强身健体。每年桃花节当地人们载歌载舞，以花传情，以茶待客。乾隆皇帝赐名"爽神汤"的油茶十分著名。（姚明聚摄影）

◎ 大岭山桃花园

恭城孔庙

墙头屋顶塑千龙，绣凤浮雕气势雄。

八桂头名人所仰，九州次位世皆崇。

先师一代兴文教，弟子多方办学宫。

孔院而今分布广，五洲四海火红红。

孔庙于今众若星，首推曲阜次恭城。龙戏凤，凤和鸣，雍容圣像笑盈盈。

（调寄《渔父》）

孔庙文光辉北斗；

学宫瑞气满南疆。

◎ 恭城孔庙

注：孔庙即文庙，又称学宫，位于广西桂林市恭城县城印山南麓。建成于明永乐八年（1410年），后曾多次重建。其规模为广西第一、全国第二。其西50米是武庙。文武两庙建于一山两脊，文武相依，阴阳相合，相得益彰，全国绝无仅有。荣获"岭南第一庙""小曲阜"的美誉。被列为全国重点文物保护单位。（王战飞供图）

恭城武庙

将军博爱似神灵，嫉恶如仇为不平。
义薄云天豪气壮，忠心赤胆有英名。

关帝从来享誉崇，浩然正气大英雄。忠义胆，武威风，人民敬仰拜斯公。

（调寄《渔父》）

斩将立功，堪称大元帅；
放曹释义，辜负青龙刀。

注：武庙，又称关帝庙，亦称协天祠。供奉"武圣"关公——三国名将关云长。位于广西桂林市恭城县城印山南麓，东距文庙50米。始建于明万历三十一年（1603年）。它是广西保存最为完好的关帝庙，堪称广西"庙宇之冠"。被列为全国重点文物保护单位。每年6月16日，祭祀关公盛大活动在此举行。（王战飞供图）

◎ 恭城武庙

西街

万国衣冠聚一街，经商游览去还来。
相亲相爱相扶助，演绎传奇又发财。

西街好，中外一家亲。古色古香添异彩，洋音洋曲更奇新。
美景自然真。

（调寄《忆江南》）

中西合璧春常在；
山水相融客自来。

◎ 西街

注：西街，位于广西桂林市阳朔县城，是一条浓缩华夏精华古色古香的中式老街，又是一条充满国际情调和西方色彩的洋人街，是中国最大的外语角，也是名副其实的"地球村"。它风情独特，魅力无穷，享誉中外，是最具浪漫色彩的休闲之地。其名气甚至不亚于纽约的华尔街、伦敦的唐宁街、巴黎的香榭丽舍大街、北京的长安街和王府井大街。周恩来、陈毅、郭沫若、尼克松、卡特、布什、克林顿、基辛格、胡志明、西哈努克等中外名人曾来此游览。众多中外商人在此安居乐业。（陈玉光摄影）

大榕树

精巧抛球为爱深，大榕树下梦能寻。

土豪霸道横天下，仙姐山歌奋众心。

首首传情扬理念，双双结伴度光阴。

多蒙神树红娘作，喜看传奇演到今。

　　立地盘根大古榕，铮铮铁骨显峥嵘。张翠盖，展葱茏，雄姿秀色傲长空。

（调寄《渔父》）

天上无云难下雨；

人间有荐自成婚。

注：大榕树，人称"干妈树""爱情树"。因为高大古老而闻名中外，矗立于广西桂林市阳朔城南7.5公里穿岩村金宝河南岸。树围7米，高17米，树龄1500年。树冠呈圆形，覆盖达1000平方米，底部盘根错节，似蟒绕龙蟠，犹如巨大的遮阳伞。传说歌仙刘三姐在此与阿牛哥对歌，抛绣球定情，喜结良缘，大榕树作红娘。所以，它是纯洁爱情的象征，见证了人间真情。千百年来，它古老、壮观、生机勃勃的奇特景观，吸引了络绎不绝的游客。它是电影《刘三姐》外景拍摄地之一，被誉为"桂林旅游第一树"。（陈玉光摄影）

◎ 大榕树

丰鱼岩

神针定海惊天下，一柱南天举世雄。
壮丽洞天真地府，蓬莱仙境似龙官。
暗河转折途宽窄，岩顶高低路曲通。
人乐其中方半日，桃花几度笑春风。

　　丰鱼好，幽洞乃桃源。飞瀑迷蒙宫殿美，暗河荡漾客舟欢。
似梦幻如仙。

　　丰鱼好，瑰丽醉心田。宝塔神针皆绝色，珠玑翠玉尽奇观。
锦绣织新篇。

（调寄《忆江南》）

十里潜流添梦幻；
九峰光彩耀神奇。

◎ 丰鱼岩

注：丰鱼岩，位于广西桂林市荔浦县三河乡东里村，离县城16公里。因岩内暗河盛产油丰鱼而得名。岩洞贯通九座大山，全长5公里。洞中套洞，厅中有厅，石柱、石钟乳形形色色，应有尽有，尤其是一根长9.8米、直径仅14厘米的"定海神针"最为著名。整个景区包括三大观赏区：岩洞观光、暗河漂流、洞外高架列车田园观光。这是一个集吃、住、玩、乐为一体的旅游胜地。贺敬之题词称之为"亚洲第一洞"，它享有"一洞穿九山，暗河漂十里，妙景绝天下"的美誉。（何翠平供图）

柳侯祠

子厚祠新柳水边，拜公遗像颂公贤。
性刚去国六千里，气壮投荒十四年。
德政文章荣世泽，精神灵性涌甘泉。
韩文苏笔柳碑妙，万古流芳照地天。

祠庙古，喜重修。万众千秋颂柳侯。
丹荔黄蕉同报事，韩文苏墨共长留。

（调寄《捣练子》）

凿井栽柑种柳，亲民造福；
释奴兴教敷文，除弊兴邦。

注：柳侯祠，原名罗池庙，位于广西柳州市柳江北岸市中心的柳侯公园西隅。公元822年，为纪念唐代柳州刺史柳宗元而建。1988年，按原样重建。中厅的"荔子碑"，又名"三绝碑"，是镇祠之宝。碑文是韩愈为赞颂柳宗元而撰写的《迎享送神诗》，字为苏东坡亲书，所谓"韩诗柳事苏书碑"，凝聚着唐宋八大家中的三大著名文豪的文采神韵。郭沫若为之题匾题诗，杨成武、江泽民为之题词。（陈禹衡摄影）

◎ 柳侯祠

雀儿山公园

金雀何时化翠峰？高标独秀逞豪雄。

欲飞振翅跨江北，待跃昂头越海东。

俯瞰山河铺锦绣，剪裁风雨润青葱。

飘然欲醉中华梦，勃勃英姿唱大风。

　　林苑悠闲，气爽风清，树茂草长。看花团锦簇，桃红李白，
蕉青菊紫，荷艳茶香。楼阁亭台，曲桥小径，画舫凌波兴未央。
湖山碧，鹤鹭欢蜜月，上下翱翔。

　　园中处处芬芳，引多少游人拍照忙？羡红男绿女，轻盈舞步；
闲翁健妪，歌曲悠扬。三教九流，天南地北，个个开心放眼量。
登临好，任风柔雨润，沐浴阳光。

（调寄《沁园春》）

波光绚烂，云烟飘缈，称壶洲佳胜；

山势雄奇，气宇轩昂，扼柳北咽喉。

◎ 雀儿山公园

注：雀儿山公园，位于广西柳州市北面，占地面积100多公顷。园内有百亩平湖，名曰雀湖。湖旁屹立一山，山峰挺拔隽秀，气势轩昂，宛若雀儿展翅，故得名。放眼园区，湖光山色，曲桥流水，亭台楼阁，茂林修竹，奇花异卉，蝉鸣鸟语，令人陶醉，流连忘返。雀儿山公园是以自然山水为主的综合性公园，也是广西规模最大的水上世界娱乐公园。雀湖东部水域是飞禽、水鸟理想的栖息地，也是摄友们极佳的拍鸟基地。（陈艺萱摄影）

百里柳江

水乳交融山水清，水天一色水灵灵。
风情百里景观带，碧水蓝天美画屏。

柳江长，柳丝长。丝柳清江放彩光，诗情画意扬。
日悠悠，夜悠悠。船在江中山顶游，风光不胜收。

（调寄《长相思》）

山清水秀地干净；
雨顺风调天朗明。

◎ 百里柳江

注：柳江，西汉时称"溜水"，发源于贵州独山县更顶山。其上游都柳江，流入
三江县老堡称融江，在柳城与龙江汇合后称柳江，在象州石龙镇与红水河汇合后称黔
江，流入西江。其中流经柳州及其上下游的百里江段，山清水秀，风光似画，滴翠流
蓝，流光溢彩，万紫千红，彩化美化，被称为"百里柳江"，又称"百里画廊"。它是
开展帆船、摩托艇等休闲运动的绝佳场所，是摩托艇国际赛事常用比赛圣地，是华南
水上运动基地，也因此使柳州成为"水上运动之都"。温家宝总理称赞柳州"山清水
秀地干净"。（周俊帆供图）

柳 堤

袅袅东风柳万枝，细腰软软舞江湄。
初芽娇嫩尤迷客，新叶青苍好赋诗。
虹彩低垂横玉带，艳阳高照掐金丝。
年年柳色添江色，人面桃花总入时。

一线江堤柳万枝，浓荫嫩绿舞柔姿。烟笼滴翠鸟争啼。
垂柳依依波渺渺，飘香阵阵草萋萋。柳侯种柳最相思。

（调寄《浣溪沙》）

堤上吟诗，鸟语花香，清风送爽；
舟中赏月，云飘柳舞，涟漪摇金。

◎ 柳堤

注：柳堤，位于广西柳州市中心的柳江边，环壶城而筑，堤长十里。江风习习，亭阁幽荫，垂柳依依，芳草萋萋，千花万树，蝉唱鸟鸣。波光粼粼，月光融融，浮光若金，水天一色。这是极富特色也极具创意的堤式山水园林杰作。在此观日赏月，吟诗作对，歌舞吹弹，听渔舟唱晚，会人面桃花，何其酣畅！唐代柳州刺史柳宗元《种柳戏题》诗云："柳州柳刺史，种柳柳江边……垂阴当覆盖，耸干会参天……"柳堤碑上"柳堤"二字，为广西壮族自治区原顾问委员会主任、柳州市原市委书记、著名书法家黄云所题。（黄丽摄影）

鱼峰山

淡淡烟云软软风，柳江九曲入纱笼。
破天水水悠悠碧，拔地山山郁郁葱。
玉带虹垂飞彩练，琼楼林立耸苍穹。
车如流水人潮涌，花树重重绿映红。

　　仙圣地，三姐放歌喉。拔地石峰青郁郁，映天潭水碧悠悠。
鱼跃过滩头。

　　山峻峭，构造巧玲珑。洞窟七歪八拐窍，云梯九曲十弯弓。
惊喜上高峰。

（调寄《忆江南》）

鱼跃龙腾，莺歌燕舞风光秀；
峰回路转，柳暗花明气象新。

　　注：鱼峰山，突兀耸秀于广西柳州市柳江南岸闹市区，高 88 米。柳宗元称它"山小而高，其形如立鱼"，故名立鱼峰，又称石鱼峰。山中有"三姐岩"等七个岩洞互相贯通，俗称"灵通七窍"。山的东南角有个小龙潭，潭光山色，互相辉映。相传壮族歌手刘三姐在此山传歌，骑着一条鲤鱼上天而仙，因而此山是海内外闻名的歌仙胜地。登临峰顶，全城壮丽景色尽收眼底。鱼峰公园为国家 4A 风景区。（黄忠录摄影）

◎ 鱼峰山

蟠龙双塔

双塔乘山会斗牛，蟠龙长角逞风流。
烟笼古庙绿云渺，银瀑奇观碧浪浮。

巍峨双塔锁蟠龙，似剑指长空。外观古朴庄重，拥翡翠，伴三峰。
江迤逦，雾朦胧，瀑恢宏。笑迎霜雪，善待风雷，道骨仙风。

（调寄《诉衷情》）

双塔崇高似笔，蘸尽龙江秀水，描成百里风情画卷；
廿桥亮丽如虹，聚齐金雀灵光，托起千家创意工程。

注：蟠龙双塔，指位于广
西柳州市柳江东岸蟠龙山上的
蟠龙塔和文光塔。蟠龙山，又
名宝塔山，它横列三峰，临江
耸立，形如蟠龙，因而得名。
主峰海拔197米。两塔均为六
角七层建筑，风格各异，遥相
呼应。如双剑插天，互为映衬。
山下江边的瀑布，相当壮观。
（黄忠录摄影）

◎ 蟠龙双塔

大龙潭公园

龙潭谁说没精灵？潭水潜龙水著名。
祷雨碑前声朗朗，跨湖桥上客盈盈。
仰狮吼日日尤丽，卧虎剪风风更清。
美女梳妆眉黛秀，芙蓉出水富风情。

雷自几时响起？龙从何处飞来？仰狮卧虎笑颜开，美女梳妆弄彩。
风过一池春水，雨来四面秋崖。翦风舒啸赏观台，阅尽人间翠黛。

（调寄《西江月》）

四野森森盈紫气；
一潭碧碧泛青光。

注：大龙潭公园，位于广西柳州市南面，距市中心3公里，为国家4A级风景区。龙潭原称雷塘，据说有神龙潜居于此，能兴雷降雨。柳宗元当柳州刺史时，曾到此为民求雨，留有《雷塘求雨文》传世。龙潭四周二十四座隽秀挺拔、形态各异、形神兼备的奇峰，簇拥着一条蜿蜒的碧水，宛若游龙般飘然往东飞去，浪漫飘逸，大气磅礴。大龙潭公园融自然山水景观和民族风情文化于一体，具有奇、美、古、大、多的特点。2014年，大龙潭公园获评国家生态旅游示范区。（李佩雄摄影）

◎ 大龙潭公园

都乐岩

十二山峰四六岩，峰回路转洞通天。

盘龙云水青烟渺，玉骨珠光细雨绵。

孔雀开屏岩壁里，雄鸡唱晓古村边。

玲珑玉乳精雕妙，百态千姿斗艳妍。

云淡悠悠雾霭濛，盘龙云水与天通。琳琅窈窕似仙宫。

三姐传歌群众奋，一鸡唱晓满天红。普天都乐乐无穷。

（调寄《浣溪沙》）

一环碧水，映三面青峰，火炬熊熊迎客至；

九曲幽岩，掩万重花石，雄鸡喔喔引人留。

◎ 都乐岩

注：都乐岩，位于广西柳州市东南12公里处的都乐村山腹中，山、水、林、洞、石皆美。盘龙、水云、通天皆为岩中洞名。此岩兼有桂林芦笛岩之奇观、南宁伊岭岩之美妙，被誉为"大自然的奇幻艺术之宫"。洞内世外桃源，洞外人间美景。山前石壁上，有著名电影明星赵丹1978年游览此地时亲书的"天下都乐"四个狂草大字石刻，笔似游龙，气势雄浑；有刘海粟先生的楷书"都乐碑林"四字石刻，笔力遒劲，结构严谨，堪称书法艺术珍品。（周俊帆供图）

贝　江

飘然如带万山连，古柏修篁拂碧天。

仙境迷人招俗眼，繁花似锦迓游船。

涧水流，贝水流，峭壁悬崖画卷浮，江清鸣鹭鸥。

歌悠悠，舞悠悠，饮酒交杯情趣稠，抬抛笑不休。

（调寄《长相思》）

绿水绕青山，流蓝滴翠，修竹与新楼互映；

朝阳照大地，姹紫嫣红，轻烟共凫鸟齐飞。

　　注：贝江，因流过融水城背得名。融江支流，发源于九万大山。它蜿蜒曲折，终年清澈碧透，两岸峭壁林立，竹木叠翠，花草芬芳，充满诗情画意。江中大钓滩里的大石板上，有千百个形如文字的斑痕，传说这是三国时代诸葛亮南征刻下的咒符，至今依然清晰可辨，非常神秘，清代《融县志》将其称为"镇蛮书"。著名经典儿童电影《闪闪的红星》，就在贝江拍摄取景。贝江村被定为广西民族风情旅游示范景点，被列入《2016年全国优选旅游项目名录》。两图分别为1993年5月作者（上图左一、下图右一）与友人于江中和村寨的合影。（张晓摄影）

◎ 贝江

元宝山

形如元宝卧长空，凌顶摩天气势雄。
博大精深多物种，松杉秀挺杜鹃红。

异峰突起蔚奇观，草木碧连天。云横瀑布飞雪，缕缕喷泉烟。
元宝石，久而坚，誉为仙。百溪澄澈，万谷苍青，处处娇妍。

（调寄《诉衷情》）

无边风景生春色；
不尽芬芳溢桃源。

◎ 元宝山

注：元宝山，又称云抱山，因山顶巨石形似古代的元宝而得名。位于广西柳州市融水县境内，离城80公里。主峰海拔2086米，是广西第三高峰。山中植物子遗众多，珍禽异兽无数。万仞峭壁，奇峰竞秀，群山绵亘，幽险旷野；飞瀑倾泻，溪泉萦回，云海茫茫，烟雾腾腾。峰尖时隐时现，神秘壮观；原始森林莽莽苍苍，古木参天，花奇草异。山好水好，外美内秀，堪称国家森林公园，被列入《2016年全国优选旅游项目名录》。（蒙萌摄影）

程阳风雨桥

直直横横榫插槽，方圆枘凿智谋高。
重瓴联阁凌霄汉，列柱挑梁卧浪涛。
避雨遮风供便利，纳凉消暑解疲劳。
城乡来往穿梭过，经济腾飞胜券操。

烟朦胧，雨朦胧，雨过天青现彩虹，桥横望眼中。
檐柱娇，亭阁娇，飘逸雄奇谁可描？游人竞折腰。

（调寄《长相思》）

桥架林溪，风开画卷，生意兴隆通四海；
山横碧野，雨润人文，茶香悠远达三江。

注：程阳风雨桥，原名永济桥，又名盘龙桥。位于广西柳州市三江县城北 20 公里处的程阳村林溪河上。1925 年建成，桥、廊、亭三位一体，木石结构。1940 年和 1983 年进行过两次大修。它如虹如龙，雄伟壮观。其惊人之处，在于整座桥梁不用一钉一铆，大小条木，以榫衔接，全部结构斜穿直套，纵横交错。它是我国目前保存最好、规模最大的风雨桥。它与驰名中外的赵州桥、泸定桥齐名。1965 年 10 月，郭沫若为其题名题诗。（荣锦新摄影）

◎ 程阳风雨桥

丹　洲

谁将翡翠饰芳洲？好似明珠水上浮。

旖旎融江飘玉带，旋飞白鹭绕渔舟。

城垣古老清风在，书院馨香雅韵悠。

榕柳茶花春永驻，金秋橘柚最风流。

　　古岛聚文明，书院温馨。碑廊文化展旗旌。世外桃源何处觅？
地杰人灵。

　　水绿绕山青，鹭鬻鸥鸣。桂兰桃李满园庭。翠竹凌霄茶树艳，
橘柚驰名。

（调寄《浪淘沙》）

千家橘柚摇钱树；
万古江洲聚宝盆。

◎ 丹洲

注：丹洲，乃广西柳州市三江县丹州镇融江江心的一个小岛。岛内风光秀美，古迹较多。自明代万历十八年（1590年）至民国二十一年（1932年）三百多年间，丹洲一直作为怀远县（即今三江县）政府驻地。这是一座历史悠久的古城，也是中国最小最美的江心古城。丹洲四季如春，鸟语花香，家家奇石，户户盆景，被列为广西壮族自治区五星级乡村旅游区。（陈玉光摄影）

香桥风景区

流蓝滴翠涨春潮，卧虎潜龙草木天。
鸟语花香风送爽，山清水秀洞藏娇。
九龙戏水银波涌，一佛迎宾瑞雪飘。
借问桃源何处是？游人到此乐逍遥。

峥嵘奇绝香岩美，洞径开通。迹隐金龙，玉蟒翻腾碧浪中。
树遮荒野层层绿，处处霞红。习习春风，山水传情游兴浓。

（调寄《采桑子》）

神仙留胜迹，荒山成热点；
虹彩架香桥，天堑变通途。

注：香桥，位于广西柳州市鹿寨县中渡镇，离县城28公里。它是一座雄伟壮观、凌空横卧水上的典型喀斯特天生桥，由香岩和桥岩等景观组成，又名香桥岩。拥有天坑、天窗、天井、天生桥"四天"奇观，景观千奇百怪，鬼斧神工，令人叹为观止。是当之无愧的喀斯特地貌地质遗迹博物馆、中国国家地质公园。香桥风景区是以香桥岩为主题的自然风景区，山体险峻，林木葱茏，被列入《2016年全国优选旅游项目名录》。（陈玉光摄影）

◎ 香桥风景区

山谷祠

古色古香山谷祠，重檐挑角瓦琉璃。
烛光闪烁香烟袅，有德于民民祀之。

祠宇森森松柏苍，青山历历映回廊。歌声祭祀表心香。
亲近官民开学馆，行医传艺友情长。宜州遗爱古今扬。

（调寄《浣溪沙》）

仕经险道多历练；
文蔚宜州永流芳。

◎ 山谷祠

注：山谷祠，1986年重建于广西宜州市白龙公园，这是纪念宋朝著名诗人、大书法家黄庭坚（号山谷）的祠堂。公元1104年，黄庭坚因受元祐党争之累，被贬谪宜州。次年9月病逝于宜州小南楼。乡民敬仰山谷的高尚品德和渊博学识，即在南楼建祠祀之。自此之后的八百年间，山谷祠迭经兴废，重修或重建达15次之多。历代山谷祠，均为当地人士讲学祭祀之圣地。每当山谷诞辰之日，祠内烛炬闪烁，香烟袅袅，祭祀歌声缭绕不绝。
（陈国梁摄影）

下枧河

玉绿清流载客船，歌声展翅跃蓝天。
依依翠竹峰林立，足印江边活又鲜。

溪水流，枧水流，鸟语花香迎客舟，仙姑抛绣球。
歌悠悠，舞悠悠，戏演鸳鸯有兴头，比拼谁更牛！

（调寄《长相思》）

三姐传歌流百代；
千村圆梦喜今朝。

注：下枧河，刘三姐的故乡河，位于广西宜州市城北。峰峦叠翠，竹木婆娑，碧水悠悠，镜影诗画，被称为"第二漓江"。河畔刘三姐公园，流传着刘三姐的许多故事。刘三姐，高度集中地体现了壮族人民会唱山歌、勤劳勇敢、善良智慧的美好形象。流河寨，刘三姐的故里，电影《刘三姐》外景拍摄地之一。2016年"三月三"刘三姐歌圩节，宜州"刘三姐"与湖北省建始县土家族民歌皇后"黄四姐"在流河寨牵手，同台竞技，倾情演绎，开创土、壮两个民族跨越千里的惊艳对唱，寓意土、壮两个民族手足相亲，守望相助，共铸辉煌。（陈国梁摄影）

◎ 下枧河

于成龙公园

傲然夺目屹苍穹，冠盖腾云两古榕。
二树皆为廉吏种，流芳万代似成龙。

兴农治水赋轻征，开库济苍生。驱邪斩霸坚定，刑法执公平。
扬正气，解民情，业安宁。与民同苦，为政楷模，最最廉清。

（调寄《诉衷情》）

廉雨润心，清风拂面，造就革新名吏；
锄奸兴业，减赋为民，铸成治世能人。

注：于成龙，清朝廉洁奉公的典范，荣获"于青天"之美名。任罗城知县，艰苦磨砺，政绩斐然，被誉为广西为政楷模。康熙皇帝赞评他"天下廉吏第一"。于成龙公园，位于广西河池市罗城仫佬族自治县凤凰山脚下。园内有两株于成龙当年亲手栽种的大榕树。于成龙任两江总督时，发布《严禁馈送檄》，并撰联"累万盈千尽是朝廷正赋，倘有侵欺，谁替你披枷带索；一丝半粒无非百姓膏脂，不加珍惜，怎晓得男盗女娼"，告诫、震慑天下贪腐之徒。（陈慧摄影）

◎ 于成龙公园

九龙壁

九龙栩栩现生颜，紫白青黄闪彩斑。
或曲或盘精气足，待飞欲跃白云间。

石壁现龙颜，舒展飞腾或曲盘。黑白赤黄皆舞动，翩翩，耀武扬威卷巨澜。

老小俱奇观，灿灿龙珠亮宇寰。灼灼龙睛生锐气，欢欢，脉脉含情活活鲜。

（调寄《南乡子》）

石壁九龙生瑞气；
南丹百姓庆丰年。

注：九龙壁，位于广西河池市南丹县境内丹峨二级公路旁。一块100多平方米的高大石壁上，天生许多浮雕似的大大小小、栩栩如生的龙，因而被称为九龙壁。（黄海荣摄影）

◎ 九龙壁

古榕鸳鸯桥

彼此茎根相向伸，恋人一对妙如神。
乡亲往返频繁过，旷世奇观妙绝伦。

真，彼此交融不可分。横河面，迎送众乡亲。
神，一对情人作化身。成桥架，奉献总殷勤。

（调寄《十六字令》）

喜有鸳鸯连两岸；
玉成父老享千秋。

◎ 古榕鸳鸯桥

注：古榕鸳鸯桥，位于广西河池市南丹县丹峨二级公路旁的吾隘镇更脑村旁，距县城18公里。一侧的古榕能将自身的根茎越河15米，跨向对岸的古榕，而不多不少刚好四根，且相连之处融为一体，分不出彼此，好似一对恋人化身，成为旷世奇观。周围绿树成荫，鸟语花香。昔时，经济欠发达，造船架桥不易，远近乡亲，通过此桥，来来去去，风雨无阻。

（黄海荣摄影）

龙　滩

惊险雄奇红水河，激流一泻下嵯峨。
拦河筑坝平湖秀，机电轰鸣唱赞歌。

　　龙滩好，岸壁尽悬崖。河水澄清如碧玉，木棉灿烂似红霞。
簇簇浪飞花。

（调寄《忆江南》）

红水河流灌沃土；
龙滩电站送光明。

注：龙滩峡谷，位于广西河池市天峨县城至下老乡豪明村纳必滩头的红水河道，全长70公里。水流湍急，险滩多，气势骇人。河床似台阶形状级级升高。水位落差60余米，这是建水电站最理想之处。龙滩水电站，是我国西部大开发标志性工程，其规模仅次于长江三峡水电站，在我国排名第二。沿岸木棉树连绵数里，每当木棉花开，无比美丽壮观，如珊瑚夹岸，如烛龙飞舞。（陈国梁摄影）

◎ 龙滩

魁星楼

魁星楼上现魁星，叱咤风云邓小平。
沧海横流龙显迹，神州巨变仰英明。

朱檐绿瓦塔丹红，云顶塑骄龙。四层六角高耸，矗武篆，挺威风。
农运起，烈轰轰，勃蓬蓬。斧镰高举，众志成城，割据称雄。

（调寄《诉衷情》）

魁星楼上魁星耀；
百色城头百色新。

◎ 魁星楼

注：魁星楼，位于广西河池市东兰县武篆镇政府北门。建于1906年，六角四层红塔，前人称其为文明楼。1930年，红七军前委驻此，红七军政委、前委书记邓小平在此办公，领导右江人民开展轰轰烈烈的革命运动。它与井冈山的八角楼、延安的宝塔一样，永远光耀着中国革命的历史。当代诗人、《河池诗词》主编罗伏龙先生《魁星楼》诗云："万象峥嵘独此楼，穿云拔地壮千秋。阶前曾聚风云客，室内更藏龙虎俦。政委油灯光影在，拔哥气势美名留。从来东风多才士，指点江山竞上游。"诗中的"拔哥"，即韦拔群。（黄海荣摄影，图中人物为作者）

盘阳河

波光摇曳影婆娑，绿意盈盈翠竹多。

仙气陶情真惬意，烟霞养性自平和。

知足否？竹木婆娑崖峭陡，地磁强度当称首。

花香鸟语堆锦绣。天成就，山清水秀人长寿。

（调寄《归自谣》）

凤巴百里盘阳水；

中外万方长寿河。

注：盘阳河，因流经盘阳村而得名，又称寿星河。发源于广西河池市凤山县水源洞附近。两岸奇峰耸翠，竹木婆娑，清幽秀雅，生态优美。河边的百魔洞，负氧离子浓度每立方厘米达 7 万个，是"吸氧"的绝佳宝地。洞外地磁强度比别处高 1 倍多，高达 0.58 高斯，能使人延年益寿。清光绪皇帝曾给敢烟屯邓诚才老人（当年 126 岁，终年 128 岁）送来一块上书"惟仁者寿"的寿匾。巴马县不到 30 万人口，100 岁以上老人有 70 多人，80 岁到 99 岁有 3200 人。被国际自然医学会宣布为"世界长寿之乡"。（黄海荣摄影）

◎ 盘阳河

黄忠录语文活动园

高天紫气扑红尘，蝶舞蜂飞草木芬。
水色山光堪养性，灵犀一点化诗文。

草树香花映碧川，流蓝滴翠好鸣蝉。红黄白紫艳鲜鲜。
写作诗文凭苑囿，观光赏景想联翩。生花妙笔绘新天。

（调寄《浣溪沙》）

学富当师，因园施教成才好；
德高为范，借景抒情筑梦香。

注：黄忠录，原柳州地区高中高级教师。2010 年成为"广西首届十大绿色人物"，2013 年荣获"八桂书香人家"称号，2016 年荣获"柳州市环保达人（绿色之星）"称号。2005 年，他租用柳江县一所废弃的农中校址，依山傍水，建成面积十亩（1 亩 ≈ 666.67 平方米）的语文活动园。园中种有许多国家的国花、国树和我国许多省的省花、省树，以及许许多多名花、名树、名草，林木森森，草绿花香。学生在园中赏花品果，升华心境，放飞心灵，写出了不少好诗文。
（黄忠录摄影）

◎ 黄忠录语文活动园

圣堂山

浪涌波翻耸七峰，葱茏山岭雾烟濛。

骄阳似火辉花树，瀑布如虹挂碧空。

幽静宜人清爽气，热情好客老山翁。

杜鹃变色添华彩，千载铁杉姿势雄。

瑰丽巍峨冠古今，笋峰十里蔚成林。风雕雨刻见精心。

雾锁峰回花似锦，无边蓊翳虎龙吟。虫鸣鸟语妙如琴。

（调寄《浣溪沙》）

清幽古野；

瑰异奇观。

注：圣堂山，又称圣塘山，是大瑶山主峰，由7座海拔1600米的群峰组成。位于广西来宾市金秀瑶族自治县南部，距县城45公里。主峰圣堂顶海拔1979米，是桂中第一高峰。国家级森林公园，国家级自然保护区。其风光有雄、奇、险、秀、幽、朴的特点，又有黄山、张家界之韵味。重峦叠嶂，峰如笋柱，瀑布众多，气势壮阔。杜鹃万亩，花色鲜艳，富丽堂皇。变色杜鹃，朝红暮紫，特生芳香。山上经常云笼雾罩，这里是"云的王国，雾的迷宫"。（黄丽娟摄影）

◎ 圣堂山

莲花山

幽奇秀险景观新，待放含苞形逼真。
原始森林苍莽莽，峰回路转振精神。

群峰环列若莲花，云飞仙子家。粗藤粗干若盘龙，杜鹃灿似霞。
烟雾绕，涧流哗，天桥巧度崖。峥嵘怪石乱如麻，翠峰映日斜。

（调寄《阮郎归》）

含苞待放；
引客来游。

◎ 莲花山

注：莲花山，位于广西来宾市金秀瑶族自治县城西北部14公里处。主峰1350米，大瑶山著名景区之一。远眺整座山体，酷似一朵含苞待放的莲花，因而得名。景区内石峰耸峙，沟壑幽深，古树参天，森林繁茂，杜鹃灿烂，云海茫茫，充满幽、秀、奇、险的趣味。（陈玉光摄影）

黄　姚

虎踞群峰郁郁葱，三河环绕似盘龙。

古香特色街和巷，小镇清芬竹与榕。

楼阁祠堂辉熠熠，桥亭联匾韵浓浓。

九宫八卦布奇局，多少游人兴冲冲？

深巷小桥水一湾，黄姚古镇隐丛山，清溪垂钓好休闲。

净土一方生态美，花香鸟语竹林间，旅游到此最开颜。

（调寄《浣溪沙》）

黄姚两姓开名镇，青山与绿水相依，惊叹洞天藏瑰宝；

灵秀一方引客商，翠竹同民居共伴，算无胜地赛仙山。

注：黄姚，位于广西贺州市昭平县东北隅，距县城70公里。镇小却古色古香，优美雅致。古榕翠竹成荫，山光水色辉映。河溪纵横，小桥流水。由于镇内以黄、姚两姓居多，故名黄姚。它如同一本千年诗集，如同一个楹联匾额陈列馆，是一部充满诗情画意的民居文化史，呈现出一幅幅奇山秀水的山水画，被称为"桃花源里的村庄""梦境中的家园""角落里的小家碧玉"，素有"小桂林""华南第一古镇"之美誉，是"中国最美的十大名镇"之一。（梁海彪摄影）

◎ 黄姚

姑婆山

五彩斑斓入九霄，红花绿树挺高标。
沟溪飞瀑潺潺水，秀雅幽深仔细瞄。

高峰林立溪流美，山景迷人，瀑布迷人，沐浴森林最爽神。
主人待客亲情溢，茶水清醇，酒水清醇，梦幻桃源醉客宾。

（调寄《采桑子》）

姑庙香烟缭绕；
森林氧气盈余。

注：姑婆山，原名西竺山，位于湘、粤、桂三省（区）交界处的萌渚岭南端，广西贺州市八步区里松镇。距离市区中心26公里，方圆80公里，横跨五县。最高峰海拔1844米，峰高谷深，山势雄伟。该旅游区兼有山水型、城郊型公园之特点：美丽，古朴，自然，宁静，冬暖夏凉。山野，林翠，谷幽，瀑飞，生机勃勃，绿草悠悠。号称"华南地区最大的天然氧吧"，也是一个有"天然动植物王国"之称的国家级森林公园。（陈汉诚摄影）

◎ 姑婆山

龙母太庙

聪颖勤劳养五龙，开山劈岭助耕农。

抗洪伏浪呼风雨，利泽一方稻黍丰。

万众欢呼"保护神"，美而真，善而亲。消灾赐福，处处惠人民。千百年来人络绎，红烛照，纸香焚。　　西江流域早翻身，拔穷根，小康奔。千行百业，正日异时新。天道酬勤人奋进，风气好，乐长春。

（调寄《江城子》）

豢养五龙治旱涝；

濡滋百姓保丰收。

注：龙母太庙，位于广西梧州市桂林路桂江水滨珠头岭。始建于北宋初，为纪念先秦南方仓吾部落首领龙母而建。传说龙母姓温名媪，公元前290年出生于藤县。她是西江的河神，勤劳聪颖，能预测风雨，呼风唤雨，伏浪排洪，豢养五龙，造福人民，利泽天下。人们尊称她为"龙母"，她是当地人民的"保护神"。两千多年来，她成为广大民众征服自然这一幻想的化身。（黄海荣摄影）

◎ 龙母太庙

梧州骑楼城

骑在人行道上头，遮阳避雨爽悠悠。
酒楼茶肆真兴旺，旅客如云日夜游。

岭南文化标新异，玉柱精装。琼阁堂堂，楼下行人来去忙。
兴隆商埠风光好，十里商场。笑意洋洋，连片骑楼金碧煌。

（调寄《采桑子》）

外廊建筑精而巧；
内屋装潢雅且新。

◎ 梧州骑楼城

注：骑楼城，在广西梧州市河东商业最繁华区域。公元2002年，梧州按照修旧如旧的原则，对骑楼城进行改造。翻新的骑楼城，包括上、下大东路，大、小南路，五、四坊路等22条骑楼长街，共有560栋骑楼，总长度7公里，总面积1平方公里。有着2100多年悠久历史的梧州骑楼城，保存着中国规模最大、最完整、最具岭南特色的骑楼建筑群。风格多样，被誉为"中国骑楼博物馆"。这是梧州商贸极为繁华并在华南具有不可撼动的历史地位之重要标志。骑楼建筑方便行人遮阳挡雨，可扩大楼房面积，好处多多。（黄海荣摄影）

云峰亭

云峰雾海罩山巅，春意逐云花草妍。

俯视西江掀白浪，远瞻南岭绽红棉。

纵观八桂翻腾急，向慕五羊开放先。

南广银龙驰大野，风追鸟赶梦难圆。

纳势汇三江，岭顶观山小。旭日东升景朗明，处处花枝俏。

春意闹枝头，蝉唱呼禽鸟。桂水浔江色彩拼，黄白龙腾妙。

（调寄《卜算子》）

云树森森天漾翠；

峰峦霭霭水流蓝。

注：云峰亭，位于广西梧州市白云山顶，前临西江，后临桂江。晴日登临，近观远眺，一派云岭晴岚，顿悟"会当凌绝顶，一览众山小"之无穷妙意。但见：云雾飘飘，江流浩浩，峰峦起伏，山石峥嵘，危崖壁立，谷涧深长，瀑布飞溅，松海滔滔，滴翠流蓝，花红草绿，野藤摇翠，蕨草悬垂，绿苔斑驳。桃花盛开时，更有"人面桃花相映红"的胜景。此乃观光赏景的好去处。南广银龙，指南广铁路上奔驰的高速列车。（黄海荣摄影）

◎ 云峰亭

系龙洲

葱茏绿树绣洲头，碣石嶙峋耸阁楼。

急浪滔滔浮日月，清流脉脉伴山丘。

纵观今古风云涌，阅尽人间景色优。

水路咽喉关系重，通航两广万千舟。

黄金水道锁咽喉，雄立万千秋。屹然耸峙江面，镇浪一孤舟。

波浩淼，岛沉浮，树幽幽。系龙擒蟒，防患排忧，砥柱中流。

（调寄《诉衷情》）

长当砥柱坚强立；

不怕狂澜汹涌流。

◎ 系龙洲

注：系龙洲，俗称七里洲，又名浮洲、鸡笼洲。位于广西梧州市浔江与桂江合流后西江中的一个江心小岛。一峰耸起，砥柱中流。林木深秀，芳草萋萋。碣石嶙峋，亭台楼阁。银波雪浪，山环水绕。朝阳夕下，气象万千，令人流连忘返。（黄海荣摄影，左图人物左二为作者）

鸳鸯江

浔桂汇流珠璧合，半江碧透半江黄。

鸳鸯一对神奇水，点染梧州美画廊。

分明泾渭双龙戏，桂水清苍，浔水浑黄，清浊融流闯大荒。

西江水脉咽喉地，西上南宁，东下羊城，穿过珠江出太平。

（调寄《采桑子》）

一对鸳鸯联两广；

千秋客货达三江。

注：鸳鸯江，广西梧州市碧绿的桂江流入浑黄的浔江后所形成的一段河流的水文特征——江水一边碧蓝，一边浑黄，如同一对鸳鸯在江中戏水前行，相依相缠，相抱相守，难舍难分。尤其春夏之际，一浊一清，泾渭分明，堪称天下奇观，因而被称为鸳鸯江。宋代大文豪苏东坡泛舟鸳鸯江时赞叹道："我爱清流频击楫，鸳鸯秀水世无双。"（胡桂华摄影）

◎ 鸳鸯江

石表山

巍峨奇妙挺雄姿，险峻幽深鹰鹭飞。

绝壁丹崖霞彩耀，山光瑞气扣心扉。

峻峭群峰耸碧空，神姿仙态气如虹。山明水秀赤霞浓。

万缕石纹存奥秘，藏金缀玉郁葱葱。银帘飞瀑沐江风。

（调寄《浣溪沙》）

嵯峨绝巘；

秀丽奇观。

◎ 石表山

注：石表山，位于广西梧州市藤县象棋镇。山势险要，嵯峨挺拔，绝壁幽深，植被丰富，集雅、幽、奇、险、神于一体，千姿百态。竹木青葱，山寨神秘，村落古朴，丹霞景观鬼斧神工，自然钟秀，韵味无穷。（鳞潜摄影）

真武阁

杰阁巍峨举世惊，无双画色耀台亭。

空悬四柱撑天地，巧叠三层捧日星。

绣水碧回青玉带，峤山翠耸锦云屏。

争奇斗巧钟灵秀，万紫千红总溢馨。

画栋雕梁翘远檐，勾心斗角冠南天。悬空离地更无前。

动静圆融相济接，紧松吻合巧牵连。风摧地震总安然。

（调寄《浣溪沙》）

东邻都峤山，默默移情动静画；

下临绣江水，偷偷寄兴往来舟。

注：真武阁，位于广西玉林市容县城东绿树成荫、飞花点翠的绣江北岸的一座石台上。它是一座创建于明代万历元年（1573年）的大型纯木结构建筑，轻盈秀美，玲珑别透。楼高13.2米，宽13米，进深11.2米，共三层，呈方塔形。其最大特点，就是支撑整座楼阁的四根圆柱柱脚，居然悬空离地3厘米，重乎危哉，真系天下绝招。此悬空安柱之法，不用一颗铁钉，技巧之奇绝，古今中外，空前绝后，为世人惊叹折服。被列为全国重点文物保护单位。它与黄鹤楼、岳阳楼、滕王阁并称江南四大名楼。（陈创明摄影）

◎ 真武阁

都峤山

八峰高耸碧云间，秀丽风光震宇寰。

大"佛"摩崖高百米，丹峰映壁展千颜。

万年岩洞乳钟直，一座天桥弦月弯。

紫翠香光真绝妙，仙山福地好休闲。

洞府清幽美，群峰气势雄。恰如螺髻插云空。或道：芙蓉玉削紫青重。

久仰南山景，攀登兴更浓。花香鸟语醉天风。笑指：江山万里画图宏。

（调寄《南歌子》）

八峰并列，丹霞天火开新宇；

三教同存，古岭佛光照大千。

◎ 都峤山

注：都峤山，又名南山，位于广西玉林市容县石寨镇。它是我国道教36洞天的第20洞天，自古就是我国佛、道、儒三教合一的著名宗教圣地，也是广西唯一的三教合一圣地。其山形线条刚柔兼备，丹霞地貌气势恢宏。中国佛教协会前会长赵朴初所书金色"佛"字，高108米，宽88米，占据大半个山面，是世界上最大的单个"佛"字。故有"佛是一座山，山是一尊佛"之称。宋代苏东坡、李纲和明代徐霞客先后来此游览题咏。苏东坡游后称赞云："百节疏通，万窍玲珑。"（吴霜摄影）

勾漏洞

百态千姿景色奇，峥嵘钟乳惹相思。
勾穿曲漏尽其妙，碑碣琳琅满壁诗。

楼阁美，古色古香浓。百里仙山花似锦，万千峰岫翠成丛。
圭水直流东。
名胜好，双李壁题雄。沫若立群留墨宝，王符老葛有仙踪。
洞府价无穷。

（调寄《忆江南》）

飘飘云雾，葛洪仙去，人间自有长生术；
渺渺烟波，游客云来，洞府已成快乐园。

注：勾漏洞，位于广西北流市城东十里的勾漏山主峰下，因洞内勾、穿、曲、漏而得名，并因之闻名。洞府清邃曲深，绮丽奇幻，钟乳石千姿百态。洞中有东汉王符弹琴处，有魏晋道家葛洪的庙宇及其炼丹灶，有唐代李靖的碑文，有宋代李纲的题诗，有明清以来名流的题诗一百余首，有当代书法家于立群的题匾。郭沫若诗赞此洞"魏晋以来负盛名……风景争衡临桂城"。徐霞客曾到此考察。它是中国著名道教圣地，为中国道教36洞天的第22洞天。（陈剑锋摄影）

◎ 勾漏洞

大容山

并蓄兼收乃大容，南方西岳刮欧风。
池如明镜照霞影，瀑泻青天挂彩虹。
杜卉争辉疑烈火，莲花怒放耀高空。
满溪碧玉满溪酒，莽莽苍苍画卷雄。

　　曲折上云峰，岭树重重。一峰更比一峰崇。千里崎岖行壁道，
直上苍穹。
　　树密透凉风，泉水丁冬。黄蓝橙绿紫青红。鸟语蝉鸣蜂蝶舞，
诗韵浓浓。

（调寄《浪淘沙》）

大慈大爱大仁德；
容水容山容地天。

◎ 大容山

　　注：大容山，位于广西北流市城区北面，因山体庞大，无所不包，无所不容而得名。五代时后汉高祖刘䶮，将大容山封为"南方西岳"。主峰莲花顶，海拔1275米，为桂东南第一高峰。树木长青，四季花开，涧瀑飞溅，百鸟啾鸣。素有"绿色宝库""植物王国""动物乐园""旅游天堂"的美称，被誉为"中国的欧色风光"，为国家森林公园。水体景观丰富多彩，天象景观变化莫测，经常"东边日出西边雨，山南山北不一样，山顶山脚两重天"。（陈剑锋摄影）

鬼门关

勾魂摄魄鬼门关，古径寻踪草木繁。
今日通衢无瘴疠，穿梭车马总平安。

关，往昔行人哪得安？谁无畏？来去俱心寒。
关，今日阳光大道宽。车和马，飞跃过平川。

（调寄《十六字令》）

鬼门成坦道；
村寨过小康。

注：鬼门关，原名桂门关，明代改名天门关，位于广西玉林市玉州区与北流市交界的天门山。双峰对峙，宽30步，中成关门。古时荆棘纵横，猿啼狼啸，鬼哭神嚎，瘴气恶袭，致使迁客行商，多骤死于此。谚语云："鬼门关，十去九不还。"唐代李德裕诗云："一去一万里，千之千不还。崖州在何处？生度鬼门关。""不堪肠断思乡处"。苏东坡诗云"鬼门出后即为人"，高适诗云"鬼门无归客"。古时此关是通往雷琼廉钦、越南的唯一交通要道。新中国成立后，特别是改革开放后，此关变成了平安的阳光大道。（陈创明摄影）

◎ 鬼门关

龙岩景区

彩云飘荡草青青，湖水清平映日星。

叠叠峰峦浮浪碧，行行岸柳趁花馨。

堆珠集翠如宫殿，织锦添花似玉瓶。

莫把诗情藏寨子，宜将画意写青冥。

　　秀丽雅幽如画卷，湖光山色融融。柳条窈窕舞天风。青青堤岸草，霞映太阳红。

　　百态千姿钟乳石，天工纤巧玲珑。琳琅满目媚奇雄。流光溢彩艳，珍宝满龙宫。

（调寄《临江仙》）

　　石庄万象俱全，惟肖惟妙；

　　湖洞千姿兼备，若有若无。

◎ 龙岩景区

注：龙岩湖风景区位于广西玉林市陆川县珊罗镇田龙村，地处原玉林、北流、陆川三县连接地带，距玉林市区 8 公里。景区占地面积 280 多公顷，包括 20 多公顷水面的龙珠湖、5 个古寨、12 个岩洞。山上有寨，山下有湖，山中有洞，洞中有河，可谓五位一体。千姿百态的山，惟妙惟肖，峥嵘嶙峋；绿树掩映的寨，幽雅秀丽；波平如镜的湖，清澈澄碧；玲珑纤巧的洞，万象俱全。山青、水秀、洞奇、寨美，素有"桂林之山，西湖之水""天然小盆景"之誉。山光水色，形影相彰，令人陶醉。（陈创明摄）

谢鲁山庄

姑苏景色显神姿，古树参天耀翠微。
绿满山庄青欲滴，莺啼雀跃鹤闲飞。

庄园美，竹木荡山风。古朴亭台辉苑圃，翻飞蜂蝶闹花丛。
姹紫又嫣红。

崇山峻，画色自然优。满眼田畴青郁郁，葱茏树木碧油油。
丹荔满枝头。

（调寄《忆江南》）

依山构建，春夏秋冬，繁花似锦；
因地精修，东西南北，游客如云。

注：谢鲁山庄，原名"树人书屋"，曾名"谢鲁花园"，也称"九字山庄"。位于广西玉林市陆川县乌石镇寨子村，离县城20公里。建于1916年，是典型的岭南山庄，被誉为"岭南第一庄"，是广西三大名园之一，也是我国保存最为完好的四大私人名庄之一。它是国民党少将吕春琯的别墅。山庄是根据《红楼梦》情景营造的园林，有两大特点：一是建筑层叠而上，二是奇花异木繁多。被列为全国重点文物保护单位。（陈剑锋摄影）

◎ 谢鲁山庄

绿珠祠

窈窕流香坠玉楼，娇魂烈节仰千秋。
绿珠井里清源在，华彩依然耀白州。

绿珠祠里绿珠明，闪闪显神灵。绿珠抗命英烈，鹤返故里长生。
奇节亮，著忠贞，播真情。庙旁新景，花树春光，谁不心倾？

（调寄《诉衷情》）

拼将一死平生志；
赢得千秋青史名。

◎ 绿珠祠

注：绿珠祠又称贞烈祠，位于广西玉林市博白县绿珠村沙鼻屯。绿珠，姓梁，生于绿萝村，晋代美女。交趾采访使石崇，以明珠三斛，聘她为妾。孙秀拟强夺她，她坚贞不屈，坠楼而死，化鹤归里，千古传颂。村民念之，将水井命名绿珠井，并在两个白鹤飞去之地建祠祀之。唐杜牧诗评她："繁华事散逐香尘……落花犹似坠楼人。"宋邹浩诗评她："玉容损毁画楼尘……西风无主逐香魂。孤村夜静鸣归鹤……"郭沫若诗赞她："当年抗命余英烈，故里追怀著令名。鹤已飞回枯井活，村民热泪应盆倾。"
（陈创明摄影）

王力故居

群山抱水鹤蹁跹，学子攻书意志坚。
勇探语言开大业，深研音韵达峰巅。
育才济济培桃李，著述林林织锦篇。
博古通今惊赤县，创新学术总争先。

凤翥岐山锦绣堆，穿云破雾几轮回。古今音韵动风雷。
一代宗师荣禹甸，流光溢彩雪中梅。承前启后栋才培。

（调寄《浣溪沙》）

奠基语言学；
出彩教育家。

注：王力故居，位于广西
玉林市博白县新仲村岐山坡。
建于清嘉庆元年（1796 年），
占地面积 918 平方米，三进 27
间。王力（1900—1986 年），
1931 年以论文《博白方音实验
录》荣获法国文学博士学位。
从 1932 年起，历任岭南大学、
中山大学文学院院长、北京大
学汉语教研室主任、中文系副
主任、中国文字改革委员会副
主任、中国科学院社科委员，
为中国语言学的奠基人，被誉
为"中国近百年来最伟大的语
言学家"。博古通今，融贯中
西，著述丰硕，主编《古代汉
语》等。为学术勇于献身，富
于创新，刻苦奋斗。（陈创明
摄影）

◎ 王力故居

南流江

自古南流不往东，披荆斩棘势从容。
运输灌溉奔腾远，直到南洋戏海龙。

南流江，清湾江。流到叉江合力强，同舟共济长。
江水清，江花明。两岸风光似画屏，岭南都会兴。

（调寄《长相思》）

百里轻舟通北海；
千秋客货到南洋。

◎ 南流江

注：南流江，古称合浦水，发源于广西玉林大容山南坡，自北向南流，故名。全长287公里，在合浦县流入北部湾。它在玉林与北海通汽车前，是重要的黄金水道。它是佛教在东汉时从海上传入中原的一段水路，其总线路如下：南亚—合浦—南流江—北流江—浔江—桂江—灵渠—湘江—中原。清湾江在叉江村流入南流江。玉林是桂东南政治、经济、文化、交通、物流中心，享有"广西的乌克兰""岭南美玉，胜景如林""五彩玉林"等美誉，被称为"岭南都会""岭南古州"。（李才摄影）

文丞相祠

丞相祠堂何处寻？欝州湖广水深深。

回廊石柱高标秀，塑像灵光正气森。

蓟北囚中昭义胆，指南录后识真金。

山河沦落忠贞显，多少英雄仰赤心？

雨打风吹身久经，倾家荡产震寰瀛。

零丁洋里英雄叹，惶恐滩头败尚荣。

肝胆壮，照汗青，浩然正气鬼神惊。

春秋大义人间炳，万古尤钦爱国情。

（调寄《鹧鸪天》）

名句未随风雨淡；
丹心长照草花香。

注：文丞相祠，位于明代欝林州（今广西玉林市）西南的湖广塘边。明嘉靖二十三年（1544年）在文氏宗祠的基础上改建而成。这是纪念民族英雄文天祥的祠庙。历经400多年，重修4次，重建1次。1974年，被改成了某公司的职工宿舍。改革开放后，文天祥的后裔，每年农历五月初二均在原祠前的空地上，举行盛大的祭祀仪式。毛泽东题词称赞文天祥"以身殉志，不亦伟乎"，朱德诗赞文天祥"忠心卫国名声在，仪表堪为后世师"。2015年2月15日，民族英雄文天祥纪念馆已在马鹿岭村兴建。（文昭睿供图）

◎ 文丞相祠

云天宫

辉煌旖旎耀星辰，酷似天宫立水滨。

鬼斧飞龙牵舞凤，神工画柱巧雕麟。

雄鸡啼唱小康日，大佛欢迎中外宾。

布达拉宫移玉市，古香古色更翻新。

情缘两岸斯楼，耀南州。绣凤雕龙描水绘山丘。宏建构，人称首，艺工优。异宝奇珍瑰丽，灿千秋。

（调寄《相见欢》）

直立云天抒壮志；

横跨海峡展亲情。

◎ 云天宫

注：云天宫，正式名称为云天民俗文化世界，位于广西玉林市区江滨路，为台商投资所建。楼高108米，21层，华表高度为全国之冠。此仿古建筑，气势雄伟，贯穿了中华民族上下五千年的风俗历史和文化。这件新世纪的伟大作品，可谓全国单体建筑第一，是世界级的旅游景点。它极大地提高了玉林的城市形象，所谓"北有桂林，南有玉林"。（李才摄影）

朱锡昂墓

坚强战士气昂扬，黑暗深知会亮光。
高举红旗招大众，血花飞溅洒南疆。

风雨暗中华，国士兴邦不顾家。深入农村开局面，堪夸，红色宣传染赤霞。

革命发新芽，好似芝麻节节花。贫苦农民真觉悟，尤嘉，奋起戈矛斗恶邪。

（调寄《南乡子》）

抛头颅，洒热血，一颗红心照东桂；
上刀山，下火海，千秋浩气壮南流。

注：朱锡昂（1887—1929年），广西玉林市博白县人，清末秀才。曾参加同盟会讨袁，后加入共产党，参加过黄花岗起义、广州起义。先后任中共玉林支部书记、中共广西特委书记、临时广西省委负责人、中共广西省工委负责人。在玉林地区领导培训农运骨干，发展农民武装。1929年夏初，秘密组织端午暴动，因叛徒出卖，不幸被捕，坚贞不屈，壮烈牺牲。（陈创明摄影）

◎ 朱锡昂墓

桂东南抗日武装起义纪念塔

血染东南半壁红，南疆烽火正熊熊。
苍生受害谁能忍？抗日救亡殉国雄。

日寇凶凶欲破城，国军惶恐作逃兵。东南抗日救苍生。
赤帜飞扬红八桂，长虹贯日耀群星。鬱州万众仰英名。

（调寄《浣溪沙》）

浩气长存，壮士冲锋洒碧血；
红旗高举，江山顺应换新容。

注：桂东南抗日武装起义纪念塔，位于广西玉林市龟山公园。1945年2月，广西工委代理副书记黄彰、中共鬱林区特派员吴家宜决定发动武装起义，创建桂东南根据地。同年二三月间，陆、博、兴、贵四县的抗日自卫军，相继举行起义，攻占、控制了30多个乡公所，成立了贵、兴两县抗日民主政府。即遭敌军围攻，黄彰、吴家宜等200多名指战员壮烈牺牲，起义失败。部分人员转入地下活动，部分武装骨干突围至廉江。（陈创明摄影）

◎ 桂东南抗日武装起义纪念塔

寒山风景区

溪水欢歌白鹭栖，何来飞石景观奇？

千年古刹寒山寺，百兽灵猫果子狸。

诸瀑垂帘呈异彩，群峰叠翠沐晨曦。

山环水抱清幽境，疗养旅游尤适宜。

蓝天碧水共悠悠，翠绿似潮流。朝阳一出烟散，林茂柳丝柔。

鸥鸟乐，唱枝头，杜鹃羞。水光山色，游客纷来，度假新楼。

（调寄《诉衷情》）

三龙播雨知时节；

五凤穿云送吉祥。

注：寒山风景区，位于广西玉林市西北郊，距市区10公里。寒山岭是玉林的名山之一，原"玉林八景"之一，因山中大寒而得名。海拔738米。群峰叠翠，雄奇俊秀，林木茂盛，郁郁葱葱。云雾缭绕，溪涧纵横，山清水秀。山顶的寒山三圣庙，有"寒山应雨"的传说。明代文钦《寒山应雨》诗云："不愁天旱兴妖魅，自有神灵起卧龙。昨日郡侯祈祷处，满天甘雨济三农。"据说，新中国成立前，山中曾有老虎、狮子出没。山下的大水库，风光秀美。此风景区是崇尚自然、登高览胜的好去处，是户外活动的天堂。（陈创明摄影）

◎ 寒山风景区

高山村

第一村庄巷院深，青砖黛瓦有知音。

翘峨犄角飞檐俏，窗式雕花画栋琛。

翰墨书香袭世泽，灵山宝地胜黄金。

习文传统声名著，代代标新最畅心。

中国名村岁月悠，高山流水写春秋。清韵遗风哪家少？够浓稠。

典范增添攻读劲，学优而进上层楼。千业百行才子出，足风流。

（调寄《摊破浣溪沙》）

高山景行仰止；

俊彦迭出攀升。

◎ 高山村

注：高山村，位于广西玉林市城北镇。村内有古宗祠13座、古民宅60座、古闸门6个、古青砖巷9条以及进士匾、文魁匾、楹联、彩绘等古迹文物，较完好地保存了明清时期岭南地区的社会文化风貌。科举时代，该村出了4名进士、21名举人、193名秀才。自民国至今，培养了几百名大学生，为国家培养了各行各业的优秀人才，可谓"户户出书生，家家步青云"。该村被誉为中国历史文化名村、广西文化第一村。（陈创明摄影）

龙泉洞

览胜寻芳到鹿峰，神龙未在此岩中。

蟾宫栩栩千姿秀，仙阙森森万象雄。

猛虎啸鸣追走豹，苍鹰展翅戏蹲熊。

七星芦笛景堪比，惊叹天然造化功。

神工鬼斧惊寰宇，瀑布高悬，溪水潺潺，钟乳琳琅冠大千。

青峰倒影清波里，绝妙奇观，石径弯弯，水色天光醉欲仙。

（调寄《采桑子》）

龙飞天外成霖好；

泉涌人间造福多。

注：龙泉洞，位于广西玉林市兴业县城隍镇西南的鹿峰山，距镇中心1.5公里。据清代《鬱州志》记载：古人李龙夫妇，在鹿峰山凿山开洞，化龙成仙，龙泉洞因此得名。岩洞长1256米，分上下两层。上层为旱洞，能容万人。其中石笋、石柱、石花等钟乳石，千姿百态，栩栩如生。洞内栖息着成千上万只大蝙蝠，倒挂串连，形成一道独特亮丽的风景线；下层清溪蜿蜒，弯弯曲曲1000多米，有"山重水复疑无路，柳暗花明又一村"的境界。龙泉洞为省级风景名胜区，有"岭南第一岩"之称。
（陈创明摄影）

◎ 龙泉洞

畅 岩

畅岩千古振名声，为学从师颂二程。
三姐织麻遗迹在，泉鸣壁驳自天成。

东西两洞烟如织，穹窿曲折玲珑碧。墨迹尚存留，书声似水流。
两岩常溅雨，怪状生奇趣。草绿复花红，林泉春色浓。

（调寄《菩萨蛮》）

高山仰止；
遗韵飘香。

◎ 畅岩

注：畅岩，又名二程岩。位于广西贵港市平南县西北12公里处的思岩村，被誉为"别有一洞天"。山半有岩，宽敞如屋，以岩洞宽朗畅通而得名。以山翠、石奇、洞幽与北流勾漏岩、福建真仙岩齐名。宋代哲学家、教育家程颢、程颐侍父程珦宦游龚州时，从师周濂溪（敦颐）读书于此岩。有印心亭、莲花池遗迹。传说刘三姐曾在此岩传歌织麻。（陈创明摄影）

金田起义遗址

风云叱咤赞群贤，众志成城比铁坚。

紫水龙飞冲地网，荆山凤舞跃天边。

摧枯拉朽除魔孽，洒血抛头著伟篇。

祸起萧墙堪痛惜，雄兵百万化云烟。

风虎云龙骤聚，硝烟烽火连绵。义旗翻卷半边天，顽敌惶惶一片。

勇士横刀竖戟，英雄跃马加鞭。天兵百万扫凶残，失败谁曾预见？

（调寄《西江月》）

荆山仍旧苍翠，天国空余悲结恨；

紫水依然墨蓝，人间喜有地翻天。

注：金田起义旧址（俗称金田营盘），位于广西桂平市城北27公里处金田村西侧的犀牛岭上。1851年1月11日，洪秀全率领两万太平军在此誓师起义，惊天动地。征战经年，在南京建立了盛极一时的太平天国，后被清军消灭。旧址有陈列馆、洪秀全像、古营盘、韦昌辉故居、三界祖庙、练兵场、风门坳古战场、犀牛潭等多处遗址。为全国重点文物保护单位。（陈创明摄影）

◎ 金田起义遗址

大藤峡

山环水绕颇迷人，峭壁悬崖四季春。
三峡雄深漓水媚，七星幽隐杏花神。
雾开雾锁林花异，藤断藤连岁月新。
骇浪惊涛声势壮，观光产业大翻身。

　　瑶壮家山景色葱，大藤峡上过江龙。藤绕树，雾朦胧，天光云影戏群峰。

（调寄《渔父》）

　　　　岭陡崖悬生乐趣；
　　　　涛惊峡险有奇观。

注：大藤峡，曾称断藤峡、永通峡，位于广西桂平市西北 8 公里处。全长 44 公里，是广西最长最大的峡谷。有"南国小三峡""珠江流域第一峡""广西三峡"之誉。因传说古时有数丈长的如斗大藤，日沉夜浮，横跨江面供人攀附渡江而得名。其间滩险流急，峰耸崖危，风光秀丽。1974年，晚年的毛泽东在接见岑云端时，亲笔题写神采飞扬的"大藤峡"三字，为大藤峡增添一处独特景观。（陈创明摄影）

◎ 大藤峡

桂平西山

毓秀钟灵柔丽姿，老新八景美如诗。

三千亩地百重绿，数块石头多处奇。

茶叶质优真妙绝，乳泉水软最神怡。

龙亭漫步观升日，闪闪金光霞彩驰。

西山好，野望喜晴空。二水分流山左右，千峰指点粤西东。
眷恋夕阳红。

西山好，水复又山重。暮鼓晨钟弘佛法，烛光香火识尘红。
信仰在心中。

（调寄《忆江南》）

江流浩渺，二水滔滔归海去；
山色有无，群峰屹屹破天来。

注：西山，又名思陵山，也称思灵山。位于广西桂平市城西1公里处，是岭南著名的佛教圣地、广西佛教协会驻地、全国七大佛教圣地之一。它以林秀、石奇、泉甘、茶香、佛灵"五绝"闻名于世。它秀冠南天，有"南天第一秀山"之誉，是著名的"山泉摇篮"，也是以北京西山为首的我国著名的七大西山之一。享有"桂林山水甲天下，更有浔城半边山"的声誉。（黄海荣摄影）

◎ 桂平西山

南　山

洞天开在石梁旁，曲径寻幽寺殿藏。

一窍有灵通地脉，半山无雨滴天浆。

岩门云锁三冬暖，石室风来九夏凉。

塑像天成雕琢美，神工鬼斧佛生光。

蠢立蔗林碧帐纱，恰如出水大莲花。

红日照，染云霞，苍苍树色掩芳华。

（调寄《渔父》）

风光秀丽，岩洞忽回方寸地；

烟雾朦胧，楼台另辟几重天。

◎ 南山寺

注：南山，位于广西贵港市城南，距市中心约4公里，屹立于郁江南面。山上的千年古刹南山寺，又名景祐禅寺，始建于北宋，有宋太宗所赐御书，宋仁宗题匾，元文宗题寺名。南山狮头山半山腰长有一棵不老松，千余年来不高也不大，四季常青。"福如东海长流水，寿比南山不老松"典故就源于此松。（滕富摄影）

东湖公园

东湖入夜净无烟，随友泛游艇上眠。

月色抚人银洒地，荷风拂水镜摇天。

　　誓扫胡尘志不移，翼王高举反清旗。东南半壁成天国，坐镇金陵拥虎师。

　　箕煮豆，最堪悲，萧墙祸起失天机。未酬壮志魂归里，万古犹存英武姿。

（鹧鸪天·翼王亭）

湖边肃穆，王者英风烈烈；

岛上峥嵘，忠魂铁骨铮铮。

注：东湖，原名东井塘，又名路云塘，俗称大塘。因宋代苏东坡游贵港时在东井口上题留石刻"东湖"二字而得名。它位于广西贵港市城东，湖水面积688亩（1亩≈666.67平方米），是广西最大的城市内湖。湖边建有纪念太平天国翼王石达开的翼王亭。湖心岛上，建有石达开的高大铜像一尊。东湖公园，1930年始建时称中山公园，后来先后改名为达开公园、人民公园，最后改为东湖公园。被誉为"贵港明珠"。（滕富摄影）

◎ 东湖公园

昆仑关

沟深路陡险峰昂，关隘巍巍好战场。
众志成城齐杀敌，倭狼败退大逃亡。

观断垒，看碑牌，铁马嘶风入梦来。
万众一心拼死战，大刀长剑斩狼豺。

（调寄《捣练子》）

血沃昆仑芳草木；
义扬赤县奋兵民。

◎ 昆仑关

注：昆仑关，位于广西南宁市东北方的昆仑山东侧。历史上曾发生过9次战役。其中，规模最大、战况最为惨烈的是中日昆仑关会战。1939年12月，在军长杜聿明的指挥下，中国军队浴血拼搏，攻克了被日寇占据的昆仑关，共歼日军4000余人，击毙日军旅团长中村正雄。这是我国军队在抗日战争期间继平型关、台儿庄战役后又一次重大胜利。此役我军损失极为惨烈，15000多名中国军人魂断昆仑，气壮河山。昆仑关被列入第一批国家级抗战旧址名录。山顶有碑，刻着蒋介石题写的"碧血千秋"四字。（昆仑关管理委员会供图）

大明山

右江红水两悠悠，托起明山日月浮。
溪涧纵横编锦绣，茫茫绿海好清幽。

生态居优径通幽，云海满天流。层峦叠嶂，势连霄汉，峻极无俦。
景观多彩多姿秀，龙尾弄轻柔。照仙镜妙，奇松不老，碧草油油。

（调寄《眼儿媚》）

白雪杂花多色彩；
红枫银瀑好风光。

注：大明山，又名博邪山、镆铘山、大鸣山、大冥山。距离南宁市区102公里，横跨上林、马山、宾阳、武鸣四县。平均海拔1200米，最高峰1785米。山体宏大，山高坡陡，沟谷幽深，溪流纵横，草木茂盛。四季景色分明，有"北回归线上的绿色明珠""广西的庐山"之誉。它是广西避暑名山，是桂中南旅游圈的龙头景区。山中草甸、不老松、照仙镜、三滩龙尾瀑布等景观，很有特色。《神女峰的迷雾》《雾界》《心泉》等电影的外景大多拍摄于此山。（黄海荣摄影）

◎ 大明山

青秀山

山灵水秀日清华，柳暗花明映彩霞。

朱槿荔枝香栀子，天天艳艳满山崖。

极目望邕州，秀色欣餐绿树稠。橙白蓝黄青赤紫，悠悠，香气撩人淡淡流。

机遇正临头，服务东盟互利优。水起风生兴百业，加油，万马奔腾争上游。

（调寄《南乡子》）

山势雄奇秀拔，四时青翠欲滴；

江流宛转奔腾，千古浮光若金。

◎ 青秀山

注：青秀山，原名青山，又名泰青岭，因林木青翠欲滴、山势秀拔华彩而得名。国家5A级风景区，广西最大的公园。位于广西南宁市郊东南5公里的邕江江畔，东介高原地带，南临邕江。矗立山顶的象龙塔，俗称青山塔，是青秀山的象征。登塔远眺，方圆10公里的旖旎风光，一览无余，宛若镶缀在邕江边的一抹连绵翠绿。青山绿水，瑞气盈盈，清秀异常，靓丽非凡，被称为"邕城绿肺"。（梁海彪摄影）

南湖公园

长方宝镜照蓝天，百顷南湖碧野连。
绿水泱泱波渺渺，白云袅袅燕翩翩。
楼台新颖玉桥美，竹树苍茫花草鲜。
朗朗笑声游艇乐，千丝万缕柳含烟。

奇秀少同俦，特色苍洲。兰花芷草竞风流。万紫千红森郁郁，硕果丰收。

湖里更优游，飘荡轻舟。欢歌笑语乐悠悠。白发青丝声朗朗，冬夏春秋。

（调寄《浪淘沙》）

修竹亭亭，绿树葱葱，香花郁郁；
锦鳞跃跃，波光闪闪，游艇悠悠。

注：南湖，原名邕溪，本与邕江相连，唐代时被改成湖。位于广西南宁市区东南部，水域面积101.8公顷，湖面明净如镜，碧波潋滟。湖边绿树葱茏，草绿花鲜，风景幽美。湖边公园里的中草药圃种植中草药标本一千余种，盆景园中种植有六十余种兰花。且名树林立，可谓"名树博览园"。这是集水景与园林风光于一体的美丽公园。（陈玉光摄影）

◎ 南湖公园

南宁人民公园

呼啸铁龙东北去，邕江浩荡劈山来。
高楼大厦如春笋，万紫千红胜景开。

白龙飞去碧湖空，周边玉树葱。绿波轻荡闪湖光，疑龙又返宫。
亭矗岛，两桥通，宛如两彩虹。双双情侣兴浓浓，熏风陶醉中。

（调寄《阮郎归》）

白龙显迹添祥瑞；
古炮扬威壮国魂。

◎ 南宁人民公园

注：南宁人民公园，又称白龙公园。位于广西南宁市城北望仙坡。此坡林木葱茏，端庄秀整。坡巅古炮台上有一门古炮，炮台顶是极目远眺的好去处。坡脚是白龙湖，传说宋将狄青某日见湖边有一群白羊，好像一条游动的白龙，故以白龙命湖。湖心岛有亭，岛与湖岸有两桥连通。园内有极具观赏价值的植物园。1958年1月22日下午两点多钟，毛泽东、刘少奇、周恩来、朱德等党和国家领导人，在此冒着寒风冷雨，接见南宁各族人民代表四万多人。诗中的"铁龙"，指火车。（黄丽摄影）

冬泳亭

盛会南宁主席临，严冬不惧冻流侵。

豪情横渡邕江水，壮志呼来桂岭霖。

定府南宁真远见，移边北部尽黄金。

雄才大略宏图展，中国东盟协作深。

盛会南宁好，主席渡邕江。启开万众冬泳，冬泳更风光。万马千军横渡，不管风吹浪打，击水喜洋洋。破浪乘风爽，意志自坚强。

风云动，大潮起，顺之昌。东盟中国，风生水起万帆扬。经济包容互惠，产业协调促进，互补竞相帮。合作共赢好，前景更辉煌。

（调寄《水调歌头》）

冬泳健身好；

春游赏景新。

注：冬泳亭，位于广西南宁市邕江大桥北岸西侧平台，建于1974年。1958年元月，毛泽东主席出席中共中央在南宁召开的工作会议期间，分别于7日和11日，两次畅泳邕江。定府南宁，指解放广西时，毛主席将南宁确定为省会（首府）。移边北部，指1965年，毛主席同意把北海、钦州、防城由广东省划入广西版图，从而使广西南面的边界线迁移到北部湾。（黄海荣摄影）

◎ 冬泳亭

凤凰湖

银龙困谷抱群山，凤跃猫腾燕鹭闲。
岛屿沉浮波浩淼，女神出浴彩云间。

日朗天蓝云白，大王滩好兜风。湖光秀丽气恢宏，形美真如凰凤。

幽静鸳鸯二岛，青遮绿盖葱茏。锦鳞游泳自从容，云卷云舒风送。

（调寄《西江月》）

幽若桃源，静处酣美梦。
形如凰凤，菱歌唤童心。

◎ 凤凰湖

注：凤凰湖，原名大王滩水库，1960年建成。因形似凤凰得名。位于广西南宁市南32公里处。它用一座主坝、九座副坝共十座大坝，把来自十万大山的八尺江水以及方圆近千公里的千河万溪，汇聚在凤凰山下，形成白练舞长空，银龙困峡谷的大气磅礴的凤凰胜状。湖面与杭州西湖同宽，分里湖、外湖。烟波浩渺，湖天一色。林木叠翠，草绿花红。外湖岸边的凤凰山与猫岭隔水雄峙，或跃或腾。里湖深处烟笼雾罩的神女峰，犹如刚出浴的仙女。湖空飞来飞去的紫燕和白鹭，令人目不暇接。（黄海荣摄影）

伊岭岩

形若海螺青翠堆，缤纷五彩画廊开。

猴王欲借金箍棒，仙姐唱赢臭秀才。

稻谷飘香瓜熟透，石狮生猛鹤飞回。

绘声绘色斑斓美，神话洞天引客来。

农家景壮，村寨真开放。水库油田多气派，牧笛悠扬飘荡。

电灯亮亮光光，洞天富丽堂皇。万象包罗乱眼，潜雕钟乳琳琅。

（调寄《清平乐》）

传奇故事绘声绘色；

富丽洞天如画如诗。

注：伊岭岩，壮语称"敢宫"，意为像宫殿一样美丽的岩洞，因地处广西南宁市武鸣区双桥镇伊岭村而得名。古称望仙岩，距县城13公里。岩洞地势上下盘旋，形似海螺。岩内八大景区，游程1100多米，绚丽多姿，雄伟壮观，处处奇特，变幻无穷。以浓郁的乡土气息及壮乡的瑰丽出彩，同雄奇的七星岩和秀媚的芦笛岩齐名。（黄海荣摄影）

◎ 伊岭岩

灵　水

九股灵源突涌流，波光折叠日光浮。
夏凉冬暖清泉爽，竹翠柳青环境幽。
花草重重云隐约，鱼虾历历鸟啁啾。
白条浪里齐欢跃，游客留连观泳楼。

龙津吐碧世称奇，澄似绿琉璃。琼浆玉液清爽，天下美瑶池。
灵秀水，焕生机，旅游宜。水天同色，翠柳修篁，仙态神姿。

（调寄《诉衷情》）

娴静美西子；
澄清碧琉璃。

◎ 灵水

注：灵水，又名灵源、灵犀水，天然泉水潭，位于广西南宁市武鸣区城南1公里处。水温常年保持在23℃，是国内著名的游泳、避暑胜地。传说古时潭中曾有两只灵犀鸟生活，它们浮出水面时光彩四射，美丽无比，故以"灵水"名潭。九股清泉潺潺突涌，急浪滔滔，气势磅礴，人称"九龙喷水"，是九龙聚舞之地。湖水澄清碧绿，如琼浆玉液，纯洁无比。湖光秀丽，绿树成荫，有杭州西湖的娴静之美。（黄海荣摄影）

龙虎山

虎河湍急浪生烟，叠翠群峰草木妍。
山下层峦次第出，观猴赏景总新鲜。

卧虎藏龙乖巧，动静景观极妙。送爽有清风，绿重重。
欲去又还不去，难得青春永驻。俯仰叹流霞，醉山花。

（调寄《昭君怨》）

龙藏绿水猿猴乐；
虎卧幽林山石奇。

注：龙虎山，位于广西南宁市隆安县乔建山中，离县城36公里。群峰叠翠，古木参天。四季如春，物种繁多，被誉为天然动植物园，是森林和野生动物类型自然保护区。山上石景林立，藤蔓交织，精美绝伦。山下弯弯的绿水江洁净清澈，山中有野生猴子3000多只。它与峨眉山、海南猴岛、大兴安岭齐名，是中国"四大猴山"之一，是著名的"猴子王国"。（黄海荣摄影）

◎ 龙虎山

红七军军部旧址

起义鹅城战火红，七军创建奋农工。

燎原星火耀南国，小邓锋芒初露中。

百色风云变，千军万马腾。村村寨寨角声鸣，镰斧亮铮铮。

欢庆七军建，长驱万里征。神州解放喜新生，百色更鲜明。

（调寄《巫山一段云》）

百色添花凭底色；

南宁出彩靠邕宁。

◎ 红七军军部旧址

注：中国工农红军第七军军部旧址，位于广西百色市解放街39号粤东会馆。1929年12月11日，25岁的邓小平同张云逸、韦拔群等成功发动百色起义，建立了中国工农红军第七军和右江苏维埃政府，开展左江、右江革命根据地斗争。起义总指挥部设在此馆。该旧址牌匾为邓小平1977年8月17日亲书。此址是全国爱国主义教育示范基地。（陈涓摄影）

广西百景诗词联

大石围天坑

吐雾吞云洞口开，地河神秘贯岩来。

雄姿出彩仙风软，鬼斧神工冠九垓。

石帘透亮华妍，柱擎天。石瀑涌奔流，石笋肥尖。

丽鸟翦，盲鱼转，蟹横穿。原始森林繁茂大无边。

（调寄《相见欢》）

暗河冷热交汇；

生物刚柔相彰。

注：大石围天坑位于广西百色市乐业县同乐镇刷把村北面，距县城23公里。它是溶岩漏斗，垂直落差613米，东西距离600米，南北宽420米。洞底有洞，洞中有河。洞中生物繁多，是国家地质公园、世界天坑博物馆，有"天然绝壁地宫"之美称。深度、容积和绝壁高度位居世界第二，坑底原始森林面积位居世界第一，其综合旅游价值（观赏性、科学性、生物多样性）为世界之冠，是世界级旅游探险和观光之极品，被誉为"世界顶级旅游资源"。（雷幼时摄影）

◎ 大石围天坑

鹅　泉

巍峨耸立似蹲鹅，翘尾昂头唱赞歌。
山麓灵泉青似染，鲤鱼跳跃几层波？

泉汁清甜润爽凉，流经千顷灌蔬粮。
"鹅"挺秀，墨留香，苍山碧水似仙乡。

（调寄《渔父》）

鹅岭风光优似画；
灵泉晚照绿如绸。

◎ 鹅泉

注：鹅泉，又名灵泉。位于广西靖西市城南6公里处的小鹅山麓。水清如镜，四季不涸。四周青山环绕，风光如画。鹅山平地耸起，形若蹲鹅。山麓澄然一潭，便是鹅泉，宽近百米，深30余米，波绿如绸。明成化六年（1470年），皇帝赐封为"灵泉晚照"。关山月题词"鹅池跃鲤"。鹅泉以其秀美神奇被列为我国名泉之一，与云南大理的蝴蝶泉、广西桂平西山的乳泉，并称中国西南三大名泉。是德天瀑布的源头。日本人称誉鹅泉为"天下第一净水"。泉中盛产鲤鱼。

（李斯训摄影）

德天瀑布

晴空隐隐响雷声，百米银河直下倾。
串串浪花堪耳震，茫茫白雪动心旌。
飘飘洒洒素缣洁，烈烈轰轰金鼓鸣。
白练翻飞珠玉滚，金鹅戏水鬼神惊。

大雪落山边，星坠春河溅地天。虎啸龙吟擂战鼓，轰然，万马奔腾奋向前。

碧浪绕庄田，三叠飞流跃岭巅。千匹白绸沿岸挂，光鲜，溅玉飞珠化紫烟。

（调寄《南乡子》）

万斛骊珠齐倾泻；
千张油画任飘浮。

注：德天瀑布，位于广西崇左市大新县硕龙镇德天村，中国与越南边境处的归春河上游，与越南板约瀑布连为一体，形成当今亚洲第一、世界第四大跨国瀑布群。归春河发源于靖西市的鹅泉，往南流向越南境内，再流入大新县，在德天村形成宽200多米、落差70多米的瀑布。银瀑飞泻，天水下凡，三级跌落，神奇美妙，气势磅礴，响声如雷，雄浑激越，数里可闻，被称为"中国最美的瀑布"，被列为国家特级景点。其自然风光俊朗清逸，是电视连续剧《花千骨》《酒是故乡醇》的重要外景拍摄地。（梁海彪摄影）

◎ 德天瀑布

崇左木棉

拔地冲霄立大千，英雄豪气冠南天。
蓬蓬勃勃形如盖，火火红红势欲燃。
艳压百花丹凤舞，姿娇万树赤龙蜒。
挥毫蘸血随云写，旷代文章大自然。

绿叶未生花早放，夏前尽露峥嵘。圆腰粗臂气浑雄。万千丹凤笑，出彩舞长空。

晴日争妍齐吐艳，胭脂欲滴临风。高标挺秀展华浓。英雄真本色，烧透半天红。

（调寄《临江仙》）

烧天火凤风中舞；
醉日烛龙云际飘。

◎ 崇左木棉

注：木棉，又名红棉树，英雄树。《本草纲目》云：木棉似木者名古贝。在南洋称吉贝，海南岛称琼枝，四川称攀枝花。落叶乔木，树形高大魁梧，枝干舒展，圆腰粗臂，撑天盖地。先开花，后长叶，殷红似火，映红天际。体现出热烈奔放、奋发向上的豪迈特质。分布于亚、非、美洲，东南亚广泛栽培，我国广西、云南、海南等广泛引种栽培。广西崇左公园附近、南宁白沙大道、柳州东环大道较为集中，龙滩峡谷的木棉连绵数里。木棉花是广东省省花，广州市、崇左市、攀枝花市、高雄市市花。

（黄军荣供图）

左江花山岩画

形如鹰嘴峭山头，百米赭红浮碧流。
古怪离奇锣鼓盾，奥神莫测虎驴牛。
威风凛凛腰佩剑，勇猛赳赳手握矛。
骆越先民粗犷像，敦煌壁画喜同俦。

　　原始画，古今崇。人姿虽各异，图像韵无穷。条纹流畅真精彩，挥笔呼风如虎龙。

（调寄《江南春》）

千年岩画斑斑彩；
今日花山熠熠光。

◎ 左江花山岩画

　　注：左江花山岩画全属涂绘类，于2016年7月15日正式入选《世界遗产名录》。它是广西第一处世界文化遗产、中国第一处岩画类世界文化遗产、我国第35项世界文化遗产和第49项世界遗产。分布在左江及其支流明江两岸205公里的峭壁。巨大的赭红色岩画，是独展"蹲式人形"为题的图形语言，是史前文明人类共同的母语。记录了距今约2000年前的祭祀场景，反映了壮族先民骆越人的精神世界、社会发展风貌、杰出的作画技术、强烈的梦想追求。堪称"断崖上的敦煌""崖壁画的自然展览宫"。（梁海彪摄影）

友谊关

车如流水日潺潺，追叹前朝厮杀残。

智勇中方援越胜，疯狂美法悍兵瘫。

干戈销尽乾坤振，边贸繁荣各界欢。

商道畅通连列国，弟兄携手保平安。

　　松柏翠，木棉红。边境安危莫放松。千古斯关关系重，谁知几次决雌雄？

　　邻舍好，弟兄亲，骨肉交情情意真。联合抗衡方制胜，随机应变妙如神。

（调寄《捣练子》）

　　　　金鸡岭上金鸡唱；

　　　　友谊关边友谊深。

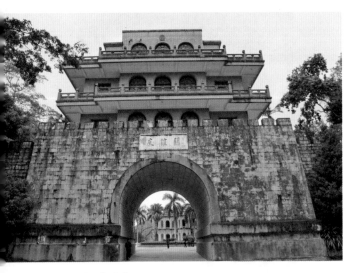

◎ 友谊关

注：友谊关，位于广西凭祥市西南端中越边境线上。始建于汉代，初名雍鸡关，后改名鸡陵关、界首关、大南关、镇南关。新中国成立后改名睦南关，1965年改为友谊关，陈毅亲书关名。它是我国九大名关之一，是我国唯一与外国接壤、至今还起通关作用的古代边关。关山雄伟壮丽，气势磅礴，扼中越交通咽喉，地势险要。闻名中外的1885年冯子材率军痛歼法国侵略者的镇南关大捷和1907年孙中山、黄兴领导的镇南关起义都曾在这里打响。（梁海彪摄影）

十万大山

茂草繁花艳艳鲜，茫茫林海碧无边。
粗藤似蟒跨溪岸，瀑布如烟罩壁巅。
生态优良多物种，资源丰富好山川。
登临赏景情投海，破浪乘风欲上天。

纷飞瀑布银烟起，沟壑深幽。溪涧潺流，藤蔓青青绿草稠。
丛林无际山浑厚，鸟语啾啾。野意悠悠，万丈豪情尽兴游。

（调寄《采桑子》）

高瞻北部湾头浪；喜看南州岭尾春。

登高纵目，欣逢北部湾畔，春雷动地，向荣欣欣，千帆竞发，舸舻共济，老新口岸齐繁茂；临顶抒怀，惊叹南岭周边，物劲冲天，热浪滚滚，万马争先，弩骥兼程，大小城乡尽腾飞。

注：十万大山，广西最南的大山脉，横跨原钦州、防城、上思、宁明四县，西南深入越南。长约170多公里，是郁江、钦江的分水岭，是珠江源头之一。山上分布着原始热带雨林，古树参天，林海茫茫；沟壑纵横，河溪瀑布众多；群山连绵，雄伟峻秀；珍稀动植物异常丰富；融雄、奇、幽、秀、野、古为一体。登临海拔1462米的主峰薯良岭（鸡笼山）和海拔1264米的狮头山，可眺望北部湾茫茫碧海，点点帆影。它是电影《英雄虎胆》故事发生地和外景拍摄地，也是休闲度假胜地。（黄海荣摄影）

◎ 十万大山

三娘湾

三石如娘形象亲，海豚艺演底功真。
金滩绿浪迷游客，奇石娇娆色彩匀。

滩湾美，异石放奇葩。鸥鸟凌霄移倩影，海豚戏浪逐斑霞。
丽日照金沙。
滩湾俏，风物自然新。滚滚惊涛排雪阵，频频笑语逗嘉宾。
垂钓更精神。

（调寄《忆江南》）

搏浪银豚玩碧水；
观光宾客乐金滩。

◎ 三娘湾

　　注：三娘湾，位于广西钦州市钦南区犀牛脚镇海滨，因"三娘石"的传说而得名。它有金黄柔软的沙滩，千姿百态的礁石，婀娜婆娑的树林，清澈洁净的海水，古朴开放的渔村，更有活泼可爱的"海上大熊猫"中华白海豚，是中华白海豚眷恋的故乡。自然气息十分浓郁，是优良的天然浴场。（李玉华摄影）

广西百景诗词联

刘永福故居

创建黑旗军队雄，几经抗法显威风。
守台抗日挫顽敌，视死如归立大功。

滇桂越，黑旗扬，振臂高呼打法狼。屡战屡赢常胜将，名垂
史册耀南疆。

（调寄《捣练子》）

卫台绩伟；
抗法功高。

注：刘永福故居，原名三
宣堂，位于广西钦州市板桂街
10号。始建于1891年。刘永
福，原籍广西玉林市博白县东
平镇。号称"黑虎将军"，清
末抗法名将，自创黑旗军，在
援越抗法的战争中，屡战屡胜，
屡建奇功。先后取得罗池大捷、
纸桥大捷等，被越南王封为三
宣提督。在保卫台湾打击日寇
的斗争中，英勇顽强，表现出
了崇高的爱国主义精神。（李
玉华摄影）

◎ 刘永福故居

冯子材故居

民族英雄冯子材，三番入越展奇才。
古稀受命危难日，雪耻报仇全胜回。

老将稀龄更猛威，镇南关外马如飞。
先士卒，出兵奇，凉山直捣凯歌归。

（调寄《渔父》）

镇南大捷惊寰宇；
钦北故居耀神州。

◎ 冯子材故居

注：冯子材故居，名为"宫保府（第）"，位于广西钦州市钦北区白水塘村东，建于1875年。冯子材，晚清抗法名将，曾任广西提督。1885年3月，他以清军前敌主帅之职，在抗法战争中，取得威震中外的镇南关大捷，被公认为民族英雄。（李玉华摄影）

六峰山

拔地冲霄峭六峰，光鲜靓丽绿摇红。
龙头昂起豪情爽，拥翠琼楼在望中。

耸立六峰插九天，奇岩幽洞袅云烟。重峦叠嶂草花鲜。
锦绣绿屏青欲滴，风光华彩醉游仙。红男绿女舞峰巅。

（调寄《浣溪沙》）

草妍杨柳绿；
荷艳杜鹃红。

注：六峰山，位于广西钦州市灵山县城西，由龙头、凤尾、鹤立、龟背、宝障、冲霄六座山峰构成。拔地横空，山石嶙峋，老树盘根，古刹幽深。风光旖旎，人文资源丰富，号称"粤西胜景""人寰胜地"。
（侯宣芝摄影）

◎ 六峰山

灵山荔枝

荔枝成熟客纷纷，云集灵山赏景新。

艳丽盈天香满地，清甜扑鼻爽提神。

鲜鲜亮亮绛纱灿，火火圆圆玛瑙真。

名播神州仙果美，琼浆玉液醉游人。

　　岭岭坡坡，鲜妍耀眼，红云笼罩村乡。飞焰烧天，火球串串生光。荔枝六月匀匀熟，赤彤彤，艳夺南疆。更年年，千里流丹，万里飘香。　盈盈荔瓣风前落，白瓤晶似雪，谁不争尝？日啖三千，盛称玉液琼浆。荔王子子孙孙乐，献人间，秀丽芬芳。梦真甜，岁岁丰收，户户安康。

（调寄《高阳台》）

薄锦红衣玛瑙色靓；琼浆玉液水晶丸甜。

◎ 灵山荔枝

注：灵山位于广西南部。1996年7月，灵山被授予"中国荔枝之乡"称号。经专家考察论证，认定灵山县新圩镇邓家村的一棵荔枝树龄已超过1510年，堪称"荔枝王"。灵山荔枝共有27个品种，其中"灵山桂味""灵山香荔"分别于1992年、1995年全国第一、第二届农博会上获金质奖，"三月红"在1981年全国"七五"星火计划博览会上获银质奖。欧阳修《浪淘沙》词曰："五岭麦秋残，荔子初丹。绛纱囊里水晶丸。"把荔枝绛红色的外壳称为绛纱囊，把荔枝白嫩的果肉称为水晶丸，十分形象生动。（侯宣芝摄影）

星岛湖

千余岛屿水中凫，恰似繁星缀碧湖。

青玉沉浮珠闪烁，栉风沐浪任欢娱。

水转又山环，华彩斑斓。白云朵朵映青澜。棋布星罗深浅碧，亲密无间。

岛屿带滩湾，语笑声欢。湖光山色湛蓝蓝。树茂花香亭阁古，水泊梁山。

（调寄《浪淘沙》）

天苍苍，星罗棋布；

水茫茫，岛列岭横。

注：星岛湖，原名南国千岛湖，位于广西北海市合浦县城西北部24公里处的洪潮江水库。大大小小的1026个岛屿，星罗棋布在绿浪碧波中，好似满天星斗一般，故名。星岛湖是广西岛屿最多的湖泊。湖面宽阔，水道幽深。湖水湛蓝，清澈透明。水、岛、山、林、花，相辅相成，相依相偎，既共存，又比美。风爽，山绿，水清，异常柔和安静，被誉为"鸟语花香的人间天堂"。这里是电视剧《水浒传》外景拍摄基地之一。（会心摄影）

◎ 星岛湖

东坡亭

儋州辞罢到廉州，又向天涯海角游。
万里投荒途漫漫，孤身羁旅事悠悠。
几番放逐偷偷老，数度迁移隐隐忧。
吟兴弥浓才不减，诗词泰斗尚风流。

　　廉州驻，龙眼品评优。一代词宗荣百世，万重山水会孤舟。
往返荡南流。

（调寄《忆江南》）

　　　　千秋遗爱东坡井；
　　　　万里瞻天海角亭。

◎ 东坡亭

注：东坡亭，原名清乐轩，位于广西北海市合浦师范学校内，因苏东坡住过此处而得名。亭内有历代文人咏叹苏东坡的碑刻13块。亭旁有东坡井，传说这是苏东坡为惠民而出资挖的水井。海角亭，位于合浦中学校内。当年苏东坡常在该亭观海，并亲书"万里瞻天"四字，寄托他对国家的怀念，表现他对祖国锦绣河山的挚爱。苏东坡于北宋元符三年（1100年）6月获赦，由海南岛儋州迁移广西廉州，驻足两月，写了《廉州龙眼质味殊绝可敌荔枝》，对龙眼作了高度评价。（邓克斌摄影）

碧海银滩

如棉似雪亮飘飘，白虎头滩举世娇。

柔浪推沙连碧野，清风拂水接青霄。

胶州海浴堪争秀，北戴河滩竞夺标。

四海五湖宾客至，神州何处不新潮？

银光闪烁平滩阔，雪浪扬风。雪浪扬风，碧海青天，曛日染云红。
波间击水观鸥燕，远上苍穹。远上苍穹，引我诗情，飞度月娥宫。

（调寄《采桑子》格二〔添字〕）

千重雪浪随风淡；
万里云空飞雁遥。

注：银滩，长24公里，位于广西北海市咸田镇。原名白虎头沙滩。因沙滩洁白细腻，日夜光芒四射，绚丽夺目，与碧海相映，故名碧海银滩。它海水透明度高，游泳安全系数高，被誉为"南方北戴河""东方夏威夷""中华第一滩"，是中国最理想的海滨浴场和度假疗养胜地之一。它海水幽深蔚蓝，沙滩长平雪白，林带青葱碧绿，波浪温润柔软，白帆任意飘荡，鸥燕自在逍遥，旭日出浴壮丽，夕阳熔金辉煌，落霞华彩飘逸，空气新鲜清爽，在在令人心旷神怡，宠辱皆忘。（于媛摄影，图中人物为作者）

◎ 碧海银滩

涧洲岛

翡翠如弓碧海浮，如诗似画自然优。

彤彤丽日波中涌，闪闪银帆天际游。

拔地苍松笼曲岸，凌霄翠竹掩新楼。

蓬莱仙岛千般美，海浴滩湾第一流。

出浴朝阳美，傍晚叹金乌。孤标独秀猪岭，层叠壁崖朱。海蚀火山靓丽，礁岸珊瑚花白，贝壳似珍珠。竹木苍苍莽，沟壑紫岚殊。　改革快，开放好，展宏图。卫生文教，工农商贸尽昭苏。更喜旅游产业，正在蒸蒸日上，如火又如荼。游客如潮涌，圆梦任欢娱。

（调寄《水调歌头》）

旅游热点旅游热；
修养神山修养神。

◎ 涧洲岛

注：涧洲岛，位于广西北海市东南方直线距离21海里的北部湾中。它既似一艘不沉的航空母舰，又似一枚弓形的翡翠浮在大海上。它是广西最大的岛屿、我国最大最年轻的火山岛、我国排名第二最美的十大海岛之一、世界第一流的旅游景点。它是国家地质公园，有"蓬莱仙岛""人间天堂""南海蓬莱"之美誉。原始，质朴，景色奇特，风光如画，是一个非常理想的避寒消暑的疗养胜地。1880年建成的盛塘村"涧洲天主教堂"、1882年建成的城仔村"法国天主圣母教堂"，热闹依然。（王喜镇摄影）

附　录

怀念玉林高中

玉林五属好黉宫，威震南天气势雄。

果硕花红香万里，根深叶茂绿千重。

德才并重金光道，文理兼修赤子风。

桃李遍栽华夏境，栋梁大树傲苍穹。

良好校风长保留，勤攻书岭夺山头，漫游学海苦为舟。

德智均衡齐发展，理文并驾上层楼，广深适度自然优。

（调寄《浣溪沙》）

百年名校深深，李白桃红光灿灿；

数代良师济济，枝繁叶茂绿阴阴。

注：玉林高中，位于广西玉林市文体路与文苑路交叉口。始建于1908年，是广西最早的省立高中，广西区重点高中，广西首批示范性普通高中。全国精神文明建设工作先进单位。作者母校。（陈创明摄影）

◎ 玉林高中

怀念玉豸小学

玉州西侧有文烽，誉满南流好学风。
校内鲜花亲碧草，门前绿柳衬高榕。
株株桃李迎春秀，朵朵葵花向日红。
欢庆幼苗齐快长，阳光雨露建奇功。

文烽好，风气一时新。故事离奇迷学子，亲情送别感天神。歧路共沾巾。

（调寄《忆江南》）

往事历历，教学竞长；
真情依依，师生相亲。

注：玉豸小学，位于广西玉林市玉州区玉福路口以西1公里，新中国成立前称文烽小学。作者在该校念书时，文老师讲述历史时如数家珍，生动有趣；杨老师在语文课中讲战争故事，引人入胜。后来，杨老师在调任别的学校任教前，特意来教室告别。我们顿感不舍，全班簇拥着他走出校门，走上大路，哭成一片，难舍难分。杨老师站在路旁石头上，噙着泪水说："送君千里，终须一别，同学们都回去上课吧！"其时阴沉的天空下起了小雨，好像老天爷也为之动容流泪。此处诗词联，描述的是20世纪50年代初校园的情景。（陈创明摄影）

◎ 玉豸小学

忆松桂庄

团团如盖百年桃，松海森森涌浪涛。
修竹依依蕉荔茂，蝉鸣鸟语乐陶陶。

五岗连绵起伏，碧流三曲门前。几座泥砖灰瓦屋，满眼青松翠竹园。黄蕉丹荔鲜。

祖辈辛勤创业，儿孙精妙谋篇。实现兴科增产梦，赢得经商薄利钱。小康日子甜。

（调寄《破阵子》）

绿水绕门三度曲；
青山排闼五峰高。

◎ 松桂庄

注：松桂庄，作者家园，位于广西玉林市玉州区玉豸村委会。东邻泉西村，西邻马岭，南临南流江。南流江在庄前的白泥湾曲了三个弯。湾南是参差不齐的五岗岭。松桂庄是陈第林（1770—1845年）带领长子陈祖诒（1793—1877年）、次子陈祖玛（1798—1869年）于1820年前后建造的。此前这里是茂密的松林。2008年，该庄全部拆迁，改建为市污水处理厂。松桂庄建村不到200年，遗憾地消失在历史长河中。作者身为陈第林第五代孙，谨以此诗词联，作为对世代居住的家园松桂庄永不忘却的纪念。（陈玉光摄影）

（松桂庄新村一角，陈创明摄影，2016年8月29日）

（松桂庄新村一角，黄统健摄影，2016年8月27日）

后　记

　　秦始皇三十三年（公元前 214 年）统一岭南，把广西纳入中国统一的行政区划，在这里设立桂林、南海、象三个郡。宋代全国分为 15 路，广西被设置为广南西路，简称"广西路"，广西由此得名。由于历史上桂林是广西的省郡，且秦时广西大部分地区属于桂林郡，同时广西自古盛产桂树，所以广西简称桂。广西东西跨度 769 公里，南北跨度 606 公里，全区面积约 24 万平方公里。地势自西北向东南倾斜，地形地貌复杂多样，山水奇特，风光秀丽，民俗多彩，人文丰富。

　　"桂林山水甲天下，阳朔山水甲桂林。""桂林山水甲天下，更有浔城（桂平）半边山。""桂林山水甲天下，广西何处不桂林？"这三句话道尽了广西山水的优美。靖西素有"小桂林"之称。单就田园风光而言，靖西一带的桂西南风光恐怕比桂林更胜一筹。自古以来，素有"北有漓江，南有左江"的说法。我是玉林人，小时候常听人说："千州万州，不如鬱林州，爬了寒山游南流。"1958 年以前，我家附近的南流江江段，真是"日出江花红胜火，春来江水绿如蓝"（白居易《忆江南》），美丽极了。当然，就绝对意义来说，寒山岭和南流江的山水风光，显然远远比不上家喻户晓的、著名的桂林山水——桂林的象鼻山、伏波山、叠彩山和漓江，但是山水各有千秋，各有所长，而且"萝卜青菜，各有所爱"。大多数人都爱家乡的山水美。我既爱桂林的山水，也爱玉林的山川，整个广西乃至全国的山水，我都喜爱。

因为山水能给人以灵性、智慧、勇气和力量，给人以锻炼与考验，使人提神忘忧，所以古往今来，很多人喜欢游山玩水，亲近山水，漫步山水，以陶情养性，放飞心灵，净化心灵。所谓"江山留胜迹，我辈复登临"（孟浩然《与诸子登岘山》）。我一生爱作山水游。中小学时期，常在南流江游泳。大学期间，常在漓江游泳。参加工作以后，常在涸洲岛西角沟沟口海面、北海海关附近海面、白虎头海面、柳江河游泳，一般每天游一次，多至每天游三次。在桂林生活期间，几乎天天爬山，叠彩山、伏波山、独秀峰轮流攀登，风雨无阻。外出旅游或出差，也常在各地登山游水。1984 年暑假，我在肇庆鼎湖山飞水潭旁漫步时，突然看到潭旁峭壁上宋庆龄手书石刻"孙中山游泳处"几个字，立即委托同行者帮忙看管行李，自己纵身跳入潭中，优哉游哉，何等淋漓痛快！登山，爬山，看山，是我的习惯；亲水，玩水，游水，是我的爱好。山有阳刚之气，水有阴柔之美，二者刚柔相济。徘徊于山水之间，吮吸阳刚之气，享受阴柔之美，其乐无穷！

"江山也要文人捧，堤柳而今尚姓苏。"（郁达夫 1935 年《咏西子湖》）我是一个普普通通的文学爱好者，缺乏"捧"江山的实力和底气，但乐意以自己微薄之力，凑凑热闹。我撰写《广西百景诗词联》的初衷，十分古朴单纯，就是想以此回报江山，酬谢山水。几十年来，东起系龙洲，西止魁星楼，南自斜阳岛，北至八角寨，在这片包括六万大山、九万大山、十万大山在内的情深梦美、旖旎秀丽、神奇多彩的广袤土地上，我反反复复、来来回回地登临了许许多多山山水水。千山万水悠悠过，山高我为峰，水深我乘舟，路长脚更长。我从中获益不少，譬如不断增添克服困难继续前进的动力和信心。"山重水复疑无路，柳暗花明又一村"

（陆游《游山西村》），信然也。又如不断丰富自己创作诗词的源泉和素材。有道是"挥毫当得江山助，不到潇湘岂有诗"（陆游《偶读旧稿有感》），我回报江山，酬谢山水，唯一能做到的，就是用诗、词、联、注，宣传山水，点赞山水，歌颂山水，让更多的人了解山水，登临山水，体验山水，乐山乐水。自知诗、词、联、注功底甚浅，以之赞美山水，可能起不到多大作用，聊表拳拳之心而已。神游绿水青山爽，心醉诗词联画雄。虽不富足，却也满足。

　　诚然，在《广西百景诗词联》所写的景点中，有些不单纯是山水，而是包含着深厚的历史，例如灵渠、南流江等。有些则不是山水，而纯粹是历史，例如红七军军部旧址、工农红军突破湘江纪念碑园等。之所以写这些历史，是希望人们牢记历史。因为历史是一面镜子，是最好的教科书和清醒剂，知古鉴今，引以为戒。"疑今者，察之古；不知来者，视之往。"历史是人类最好的老师，是民族最好的记忆，忘记历史就意味着背叛。对于一个民族、一个国家来说，有历史的记忆，才能延续民族的灵魂，传承民族的血脉，才会有凝聚力，有希望，有梦想，有创新。正是：历史长河存正气，人间博爱放光明。灵渠碧浪通今古，文庙辉煌照锦程。

　　本书的问世，承蒙世界彭祖文化学术委员会主任、客家研究院副院长、中国作家协会会员、广西师范大学文学院硕士研究生导师彭会资教授撰写序言，我的老朋友谭顺时、罗智浩、牟启池、洪锋、谭建才几位先生审阅全稿并提出宝贵的修改意见；承蒙广西区政协原副主席、广西诗词学会原会长潘鸿权先生，贵阳书法协会会员陆艺先生，老同学洪锋先生赠送墨宝；承蒙老朋友李斯训、黄海荣、黄忠录先生大力帮助摄影，陈创明、陈玉光、陈剑锋、陈国梁、李玉华、张晓、侯宣芝、胡年祈、谭顺时、荣锦新、陈汉诚、梁上渠、邓克斌、黄军荣、杨光足、苏锡飞、雷幼时、莫晓辉、黄统健、苏海清、王喜镇、袁烽、李佩雄、滕富、孔令刚、粟志成、黄满心、会心、王辉、鳞潜、施志杰、姚明聚、李才、梁海彪先生，于媛、陈艺萱、胡桂华、曾顺珍、陈涓、陈慧、黄丽娟、吴霜、蒙萌、黄丽女士，以及陈禹衡小朋友帮助摄影；承蒙王战飞、周俊帆、黄光强先生，何翠平、何敏女士与昆仑关管理委员会提供照片；承蒙黄桐华、邓克刚、文昭睿、陈创强先生给予热情的关怀与帮助。在此，谨向他们表示衷心的感谢！

　　由于水平有限，本书错误在所难免，我诚恳地希望读者和方家批评指正，不胜感激！

作者

2016 年 8 月 15 日于柳州